这座空城无光

There Is No Light In This Empty City

陌安凉

著

天津出版传媒集团

天津人民出版社

图书在版编目（ＣＩＰ）数据

这座空城无光 / 陌安凉著. -- 天津 ： 天津人民出
版社，2016.3（2020.3重印）
ISBN 978-7-201-10152-1-01

Ⅰ．①这… Ⅱ．①陌… Ⅲ．①长篇小说－中国－当代
Ⅳ．①I247.5

中国版本图书馆CIP数据核字(2016)第040155号

这座空城无光

ZHEZUO KONGCHENG WUGUANG

陌安凉 著

出　　版	天津人民出版社
出 版 人	刘　庆
地　　址	天津市和平区西康路35号康岳大厦
邮政编码	300051
邮购电话	（022）23332469
网　　址	http：//www.tjrmcbs.com
电子信箱	reader@tjrmcbs.com

责任编辑	玮丽斯
特约编辑	李　黎
装帧设计	赖　婷　齐晓婷
责任校对	后　鹏

制版印刷	三河市华东印刷有限公司印刷
经　　销	新华书店
开　　本	660毫米×960毫米　1/16
印　　张	16
字　　数	148千字
版权印次	2016年3月第1版　2020年3月第2次印刷
定　　价	42.80元

目录
Contents

目录
Contents

Prologue

楔子

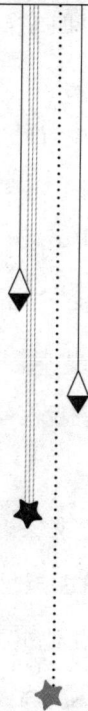

◈

"哎呀！这……这是怎么回事？"奶奶吓得伸出双手，摸着我湿漉漉的头发，惊讶到不行。

我移开目光，望着奶奶黑白相间的头发，不好意思地揪着衣角。

身旁推着自行车的少年浑身都湿透了，他瞥了我一眼，然后对着奶奶深深地鞠躬，说道："奶奶，我刚才骑自行车不小心掉进了河里，是这位妹妹把我捞上来的，谢谢奶奶培养了一个这么善良勇敢的妹妹。"

我抱着奶奶的胳膊，稚嫩的脸上露出了笑容。

奶奶连忙让少年和我坐在门口的凳子上，转身进屋去找毛巾。

因为贪玩偷摘橘子，我掉进河里被少年救了起来，因为害怕回家被奶奶责怪，我手足无措，而少年拍拍胸脯说他有办法解决——

"嫁祸"到他头上。

没想到我逃过一劫，还得了个"见义勇为"的殊荣。

少年笑盈盈地看着我，然后往堂屋里张望了一番，连忙起身骑上自行车，跟我招了招手："胆小鬼，记住是外星球超人救了你！"

说完，少年便骑着自行车张扬大笑离去。

我忙站起来，追了一小段路，怔怔地看着他越走越远。

"青念啊，快回来换件衣裳。"奶奶拎着一套干净的裙子在门口喊道。

　　"奶奶，外星球超人走了！"

　　小小的村庄里回荡着我如同银铃般的声音，我投入奶奶的怀里，奶奶摸着我的头，慈爱地说道："超人走了，他还会再回来的。"

There Is
No Light
In This Empty City

遇 见 可 能 只 需 要 一 眼

Chapter 01

第一章

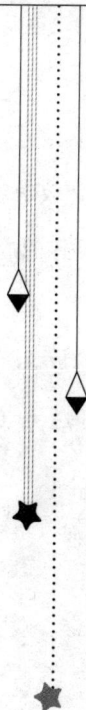

◆

　　在很多年以后，回想起幼年时不顾一切扑到河里将我救上来的少年时，我已经没有更多关于他的记忆。时光推搡着被侵蚀的童年，在我义无反顾向前的生命里留下了一串不能被守望的足迹。

　　01

　　我每天重复着相同的生活轨迹，放学后到家，拿出钥匙打开房门。铁质的钥匙在钥匙孔里一扭，发出金属碰撞的声音。

　　我叫纪青念，是个很拗口的名字。我最满意的就是我爸给我取的这个名字，虽然他并没有给我一个温馨的家庭。

　　马文娟是我的后母，我叫她的时候一直不带称谓，她有一个儿子，她很疼他。

　　我就像电视剧里、小说里出现的重组家庭惯有的角色，一定不被后母喜欢，我也懒得被她喜欢。

　　"弟弟怎么没和你一起回来？"马文娟坐在客厅的沙发上，织着给她宝贝儿子的毛衣。

　　"我不知道。"我放下书包，走进厨房，掀开锅盖，里面只留了一份丰盛的晚餐，不用想也知道那是给她儿子纪明的，"他放学比我早，我今天还留校值日了，他应该比我早到家。"

马文娟放下手里的毛线团，走到窗户边看了看外面暗下来的天色，说道："这都这么晚了，还没回来。"

我将课本和作业拿出来，在餐桌上演算着数学题。马文娟走过来，催促着我："你赶紧出去找找弟弟，我要给你爸做晚饭，没时间。"

我放下手里的笔，思考了一会儿，抬头说道："我今天作业很多，他那么大个人了，丢不了，顶多是在外面玩，还没回来。"

"你说什么呢？"马文娟歪着脑袋看着我，眼神里全是不解，"多大不也还是你弟弟？你这个做姐姐的，难道就不应该关心一下弟弟？我看啊，不是一个妈生的你就不上心，是吧？"

我重重地叹了口气，这样的戏码每天都在上演，马文娟是现实生活中不可多得的好演员。

我说："没有，我只是觉得他自有分寸，您不至于还把他当成一颗珍珠捧在手心。"

"他是我生的，我能不把它当成珍珠捧在手心吗？"马文娟白了我一眼，加重了语气，在客厅里来回踱步，然后掏出手机给纪明打电话，打了两次都没有人接。

马文娟将手机放到我面前，指着屏幕说："你看看，看看！不接电话，要是在外面被欺负了，遇到坏人了怎么办？你说啊。"

我默不作声。

马文娟气得胸口一起一伏，看着我直摇头，叹气："真不知道你这个姐姐是怎么当的！"

我冷笑一声，将手指插进头发里按着脑袋，说道："每次你儿子出点儿什么事，就是我这个姐姐的不是，有好的地方，你怎么没想到我是你儿子的姐姐？"

"你说什么？"马文娟尖着嗓子问我。

"这种话你应该不想听第二遍。"我不甘示弱地看着她。

马文娟瞪大了眼睛，沉默了10秒钟，然后就像炸了毛的狮子一样，对我大发雷霆："纪青念，你是怎么念书的？有你这样顶撞长辈的吗？说你两句你还不开心了？你有什么资格不开心？你吃的穿的用的，哪样不是我在提供？让你去找一下弟弟，还变成我亏待你了？"

我不想还击，马文娟身后传来门锁转动的声音，我瞥向门口，纪大海提着公文包，一进门就换鞋子，还用手指挤按着睛明穴。

马文娟见纪大海回来了，立马走过去告状："大海，你回来得正好，你不知道你这女儿有多气人！我只是叫她出去找一下纪明，她就觉得我偏爱纪明，那纪明是我的儿子啊，我不担心谁担心？这丫头真是气死我了！"

我见纪大海一脸疲惫的模样，忙出口阻拦："马文娟，你没搞错吧？"

"你看看！"马文娟像抓住了我的小辫子似的，指着我的方向，"没大没小！"

"行了。"纪大海解开领带，将西装外套放在沙发上，捏着眉心，"这么大个人了，又不是不知道回家的路。"

"什么不知道回家的路？"马文娟来劲了，"你们父女俩是不是一个鼻孔出气？你们都不管我的儿子，是吧？大海，纪明不是你亲生的，你就不担心吗？"

纪大海一口气从鼻腔里送出来，有些不耐烦地说道："担心！担心你就出去看看，多大点儿事，叽叽喳喳没完没了的，烦不烦？"

一听纪大海说这话，马文娟立马抹了一把眼泪，抱怨道："你看看你说的这是什么话呀？我拉扯这两个孩子容易吗？你就向着你的女儿，你什么时候关心过纪明的学习和身体啊？我这要给你们做晚饭，哪有时间出去找他？让小念出去一趟，还在这里讨价还价。"

"够了！"纪大海低吼了一声，看来心情不太好，"工作时被上司骂，回来还要听你们絮絮叨叨，能不能让我安静一会儿？"

"安静！安静！"马文娟不依不饶，急得像热锅上的蚂蚁，却又忍不住要跟热锅抗衡一样，"纪大海，纪明要是出了什么事，就是你这个做爸爸的失职！"

"我出去找！"我从椅子上跳起来，椅子和地板摩擦，发出一道刺耳的声音。

我实在不想看到这种司空见惯的家庭战争。

我关上门之后，里面还隐隐约约传来争吵声。他们两个，我一个也不想安慰，一个也不想搭理，这种日子过得真糟心。

我出了小区，路边绿化带上有几只翩翩飞舞的小蝴蝶。我曾经羡慕过自由自在的蝴蝶，羡慕过飞掠蓝天的大雁，羡慕过外面五彩缤纷的世界，但是

我也羡慕过别人和睦的家庭。

纪明的性格我还是了解的，如果没有回家，多数情况就是约上那几个狐朋狗友去网吧玩游戏了。

我找了好几家他常去的网吧，最终在"网上人间"找到他，他坐在两人座的角落里，一边卖力地敲击着键盘，一边骂人。

我走过去，直接关掉了主机。

"你谁啊！"纪明扔掉耳机，抬起头看向我。

一见是我，他的表情有些微妙的变化，声音低了下去："是你啊。"

"纪明，怎么回事啊？"估计是看到队友突然下线了，他的几个朋友都抬起了头。

一见到我，他们都乖乖闭了嘴。

"跟我回家。"我说。

"玩最后一关了，你干什么啊？"纪明有些介意，伸手想要开机。

我打开他的手，说道："你妈妈跟老爸在家里为了你吵起来了，你要是再不回去，房子都会被掀了。"

说完，我抓着纪明的胳膊，就把他往外面拉。

"哎呀，行了行了，我自己走。"纪明挣开我的手，看了看四周，埋怨道，"丢不丢人啊。"

"你也知道丢人？"我严肃地瞪着纪明，纪明晃着脑袋，双手背在背后，小走几步，然后加速跑出了网吧。

见状，我急忙加快脚步跟了过去。

纪明在网吧外面笑得弯下了腰，我皱着眉头，伸手拽住他的后衣领，往家里走去："走。"

"你别这样拉我，丢人！"纪明嚷着伸手打我，但他的柔韧度极差，反手擒我无力，只能听天由命地任由我拽着。

把纪明拉到家门口的时候，家里的战争已经停止了，马文娟在厨房里做饭，纪大海在阳台上抽烟。

纪大海将烟掐灭在烟灰缸里，出声喝止住了想要跑到厨房去偷吃的纪明："站住！"

纪明虽不情愿，但还是乖乖地靠墙站住了。

纪大海问道："干什么去了？"

纪明看了我一眼，不回答。

纪大海又问我："弟弟干什么去了？"

纪明偷偷拽着我的衣角，拉了拉，我说："不知道，我出门在街上遇见他的。"

纪大海的眉头越皱越紧，最后怒不可遏地拍了拍桌子："还撒谎！你们那点儿小动作我看不见吗？幼稚！都给我站到那边去，晚上不许吃饭！"

听到动静的马文娟拿着锅铲从厨房里探出头来，看见演得一手好戏的纪明快要哭了的样子，立马将他拉到怀里，护犊道："纪大海，你工作不顺心，别往孩子身上撒气啊。孩子明天还要上课呢。"

"上课？"纪大海目光如炬，盯得纪明不敢看他，"你问问他到底是上课了还是打游戏了，你问问他！"

纪明眉头一皱，哭着说道："妈！"

马文娟低声哄了哄纪明，对抗着纪大海，说道："孩子学习累了，打打游戏放松一下有什么关系啊？你至于吗？就你那古板的教育方式，早就已经落后了！"

"你……"纪大海气得说不出话来，下巴跟着他的嘴唇颤动着，然后指着马文娟，挤出两个字，"愚昧！"

"愚昧怎么了？"马文娟拍着纪明的脑袋，"我自己的儿子自己疼。"

我懒得再参与这场唇舌之战，收拾好餐桌上的书，背着书包进了自己的房间："我不吃晚饭了。"

我将窗帘拉开，足以看见布满繁星的夜空，纪大海和马文娟的争吵还没结束，我将耳塞连上电脑，动感的音乐从耳塞里传入我的耳朵，隔绝了这个嘈杂的世界。

02

那天晚上，我并没有睡好，以至于第二天上课的时候，我的上下眼皮就跟打架似的。

困就罢了，我还觉得小腹不舒服，下身有一种莫名其妙的感觉。我艰难地揉着小腹疼痛的地方，举起了手。

"纪同学知道答案？好的，你请回答。"班主任几近欣喜的声音吓得我一个哆嗦。

什么？我的脑袋里像装了一团糨糊一样，什么都不知道啊。

我解释道："老师，不是，我是想去上个厕所。"

四周传来压抑着的笑声，班主任有些尴尬，抬手示意我："嗯……好，去吧。"

我急忙站起来，尽量正常地走出去，一出教室，我就捂着小腹加快了步子往厕所冲去。

"喂……"身后忽然传来一个懒洋洋的声音。

我回过头，是一个少年的背影，校服松松垮垮地穿在身上，双手揣进了裤兜里。我有些诧异，不解地盯着他，他的脸上忽然绽开一个神秘的笑容，眉毛轻挑，意味深长地说道："你好像来例假了哦。"

我心里一惊，用手去捂住身后，果然手指上沾了黏糊糊的东西。我又窘又羞，转身跑进了厕所。

身后的少年张扬地笑着，让我忽然想起了一个人，一个被时间冲刷着逐渐忘了音容的人。

时间真的太残忍了，残忍到我一丝一毫也不想提及。

尴尬之余遇见的少年没有在我心里生根发芽留下印象，倒是几天后做课间操时，让我重新认识了他。

做完广播体操后，校长要求集合，点名批评了几个在外面打架的男生，并且是将他们拎上台批评的。

我看着台上嘴角一团乌青的男生，他低着头，亮晶晶的眼睛却在四处看着，嘴角也不由自主地上扬。

他不就是那天在厕所外遇见的那个男生吗？

"又有凌皓辰啊？"身边的女生捂住嘴巴，看着她的同伴。

"打架对他来说可是家常便饭，不过，我莫名地觉得他这样好帅，你看他那不羁的笑容。"女生的同伴小声说道。

呵，不羁的笑容。

校长用不紧不慢的语速批评了包括凌皓辰在内的几个男生，让他们当众道了个歉，认了个错，就散会了。

我正要回教室，却被凌皓辰叫住了。

"那个谁。"他从台子上跳下来，蹦到我面前，说道，"好巧，又见面了。第一次见面让我目睹了你的尴尬，第二次见面让你目睹了我的尴尬，我们扯平了。"

这是值得说出来的事情吗？

我眉头一皱，径直经过他身边，往教室走去。

"喂！"凌皓辰在后面喊道，"少女，你叫什么名字？"

我懒得搭理他，揉着方才做广播体操时不小心拉扯疼了的手臂，留给他一个漠然的背影。

如果时光能穿梭于过去跟未来之间，让我看清楚跟凌皓辰的相遇和结局，我不知道还会不会再愿意见他一次。

中午在食堂吃完饭后，我一个人回了教室。

我吃得比较快，所以教室里当时没有人，当然，除了凌皓辰以外。

"你在做什么？"

我站在门口，盯着把我的课本和作业本翻成了一座小山的凌皓辰，他抬起头看了我一眼，无比自然地说道："纪青念，你成绩不错嘛，字也写得很漂亮。"

我走过去，一把夺过他手里的作业本，推开他，收拾着桌上的狼藉："好像跟你没有关系吧？"

"啧啧。"凌皓辰走到我对面，双手撑在桌上，歪头看着我，说道，"跟第一次见面的时候不一样啊。纪青念，你是不是见我被校长批评，以为我是个坏学生？没错，我就是个坏学生，但我很善良的。"

我很坏，但是别忘了我曾善良过——这是过气多年的非主流用语吧？

我抬头，轻笑道："跟我有关系吗？"

"当然有关系了，你要发现我的善良，我们才能成为朋友。"凌皓辰边比画边解释，振振有词，绘声绘色。

我长叹了口气，将收拾好的书本全部放进课桌里："同学，有病就要去治，我这里没有药给你。"

说完，我挺起胸膛，大步迈出教室，凌皓辰在后面嚷着："纪青念，我还会来找你的。"

找我，你还不如去找死。

我对凌皓辰的印象很不好，不好到我觉得我根本不会喜欢上这样一个人。我们老师曾说，计划赶不上变化，大意为：你认为好的东西，总会在后来的时间潮流里发生质的变化，思想会永远跟着时代走，感情会永远跟着内心走。

生活像来了一个轮回，上次我因为值日，回家面临了一场无休止的争

吵，这次倒不是家庭纠纷，但也没有好到哪里去。

我倒完垃圾回教室的路上，从天而降一个可疑的生物，等我惊吓之余看清楚的时候，才发现是一个女孩。

她从围墙上跳了下来，似乎扭到脚了，正蹲在地上抱着脚踝轻声叫痛。

"你没事吧？"我蹲下身问道。

"没，不打紧！"女生举起手回答道，然后又迅速捂着脚踝揉捏。

"终于逮到了吧？哈哈哈！"身后传来我熟悉不过的声音，门卫手里拿着警棍，像只熊一样跑过来，指着女生说道，"你们这些家伙想逃课出去，想法真是层出不穷，摔下来了吧？活该！"

门卫想必只看到她跳下来受伤的这一幕吧。

我皱了皱眉头，说道："何叔，您逮人也要看清楚情况好吗？"

门卫听见我的声音，看了我一眼，惊讶道："纪同学，你怎么也……你也逃课啊？"

"我不是逃课。"我指着旁边装垃圾的簸箕，说道，"我是和她来倒垃圾的，这一块不是归我们班管吗？你看看这些缝里塞满了零食袋，多脏啊。小花上去收拾干净，不小心摔下来了。"

"真的？"门卫半信半疑地看着我。

"哎哟，好痛啊！我要去医务室。"女生捂住脚踝大叫起来。

"是真的。"我搂着女生的肩膀，笃定地说道，"何叔，您要不相信，可以去问我们班主任，问她是不是今天我跟杨小花值日。"

我平日里学习成绩优异，学校的老师、门卫、清洁工都认识我，都愿意相信我。

何叔点点头，说道："好吧，又让那群小兔崽子逃了，你快把她带去医务室看看吧。"

"谢谢何叔，您先去忙吧。"女生抬起头，一副感激涕零的模样。

何叔点点头，转过身背着手，又像一头年迈的熊一样缓缓离开。

我看了女生一眼，问道："装的吧？"

女生咧开嘴，立马从地上蹦了起来，然后居高临下地看着我，伸出手，说道："今日得姑娘一救，小的没齿难忘，留个名字，日后交个朋友吧。我叫骆七七。"

"纪青念。"我站起来，拍了一下她伸过来的手。

"哦！"骆七七恍然大悟地点点头，"我知道你，啧，你这种人跟我们不是一个级别的。"

"谁高级谁低级？"我淡淡一笑。

骆七七伸出手，手背拍向我的胸口："当然你高级，我低级了。"

"喀喀喀！"被骆七七这么一拍，我仿佛受了内伤一般，剧烈地咳嗽起来，"你……你力气太大了吧？"

骆七七笑得有些夸张，凑到我身边，一只手揽过我的肩膀，问道："鉴于你救了我，带你去个好地方，去不去？"

"什么地方？"

"酒吧！"

骆七七用极具诱惑的声音在我耳边说了这两个字，我失笑。这个地方跟

我是背道而驰的，我一直觉得我不属于那种成人会去的地方。

骆七七的手停留在我的肩膀上，有节奏地拍打着。我转头看她，她斜着眼睛昂着头看着我。

居然在挑衅我。

骆七七像一个小大人一样叹了口气，遗憾地说道："唉，也是，乖宝宝是不能去那种地方的，我还是不勉强你了。"说完，她一副痛心疾首的样子，捂着胸口，像个老人一样颤巍巍地从我身边走过去。

我轻蹙眉头，叫住她："哪个酒吧？"

"放肆！"骆七七像打了鸡血似的跳过来，抓着我的手，说道，"我不是说你放肆，我是指那个酒吧的名字叫'放肆'。"

"我去。"我轻声应答。

是的，我想去，想去放肆，想去放纵，不想一回家就看到马文娟皱成一团的脸，不想去面对那永不止休的战争。我也曾渴望飞出牢笼，但我永远是孤身一人。

骆七七看到我在沉思，说道："念子，我不勉强你，你没事吧？"

"没事，你带我去吧。"我整理好思绪，微笑地看着她。

"好！"骆七七拍着我的肩膀，看着地上的簸箕，说道，"先完成你在学校的事情，我们马上就走。"

03

走出教室的时候，骆七七看我背着黑色的书包，又细细打量了我一下，说道："你这个样子不行的。"说完，她拉着我，在街口拦下一辆车，打车到了她家。

骆七七让我把书包暂时放在她的家里，然后拿出一堆衣服和化妆品。

"你挑一件衣服吧，我再给你化个淡妆。你穿校服是不让进的，而且里面很多人会故意欺负学生。"骆七七举着化妆刷对我说。

我挑了一件牛仔背带裤，边换边问："七七，你一个人住吗？"

"嗯，我爸妈在国外，他们都不管我的。"骆七七一边擦着口红一边回答我。

我换好衣服，站到试衣镜前一看，确实跟平日很不一样。

"完美！"骆七七从身后抱着我，望着镜子里的人夸赞道，又替我解开了橡皮筋，"头发披着，这样更好看。"

骆七七将我推到梳妆镜前，抓起化妆品就往我脸上抹，像个成年人一样，说道："念子皮肤太好了，我就给你化个淡妆吧，看不出来，但是又有精神。"

我闭上眼睛，任由她摆布。

五分钟后，骆七七惊叹道："念子，你简直太美了。你怎么能忍心掩藏你的美丽不被世人瞧见呢？"

我沉默了一下，回答道："世人太瞎，我太懒。"

"嘿，我喜欢你。"骆七七点点头，无比沉重的一掌落在我的背上，看到我惊诧的眼神，她又补充了一句，"我就喜欢你这个性格。"

"我们可以走了吗？"我微微侧头，看着镜子里不一样的我，忽然觉得

有些紧张。

镜子里的另一个我安静、内敛，就像不存在这个世界上的人一样。

"走。"骆七七拉着我的手，将我拉出了房间。

一天之内打的车比我一年打的车都要多，司机不知道放肆酒吧在哪里，骆七七也不知道具体在哪一条路上，于是，她探着身子，趴在前座车椅背上，对着司机左比画右比画。

"对，师傅，往左边。对，就是这个夏日皇爵酒店，前面那个十字路口直走，再右转，然后再过两个大的十字路口，直行一千米的样子，再右转，好像要过四个红绿灯，再左转。第一个路口右行，是一条僻静的路，然后你进去瞅瞅，放肆酒吧外门是红色的木门，很打眼的。"

我伸出手，遮着脸偷笑。

在骆七七不认路的情况下，司机满脸大汗地开着出租车在下班放学高峰期花了一个多小时才把我们送到放肆酒吧门前。

打价器上赫然显示着"76.00"。

骆七七豪爽地从黑色皮夹里抽出一张红色的人民币递给司机，说道："对不起啊，您不用找了。"

说完，她打开车门，回头把我拉了出去。

"估计他以后再也不想来这里了。"我笑道。

骆七七回头笑眯眯地说道："但你绝对会想来。"

我不知道放肆酒吧位于A市几环外了，这里只在500米开外的地方有一家超市和居民区，100米的地方有公交站台。

放肆酒吧外观看起来就像是废弃的仓库，红漆木门上方歪歪扭扭地亮着霓虹灯，形成了"放肆"两个字。

骆七七拉着我一路追风逐电般地进了酒吧。

跟我想的不一样，酒吧内部装修十分有个性，以"旅行"为主题，里面的建筑多为复古实木，墙壁上挂着客人去过的地方的照片。酒吧里灯光柔和，并不喧闹，跟"放肆"一名略有出入。

骆七七带着我进了一间包间，里面有两个男生正在玩着幼稚的"石头剪刀布"。身材高挑穿着白衬衫的男生一脸无奈，敷衍着他身边大闹的男生。

"你们两个别玩了！"骆七七架势十足，两手拍在桌上，喝止住他们，"我带了个朋友来，介绍一下。"

两个男生抬起头，我下意识地避开他们的目光，走过去关掉电子屏上滚动的热曲。

"纪青念，多多关照。"

"啊？那个好学生纪青念？"活力冲到顶端的男生走到骆七七身边，吃惊地问道。

骆七七笑呵呵地捂着嘴，说道："对，念子今天是我的客人，你们都不许欺负她。"她指着这个男生，说道，"这是杨言笑，那是穆少白，都是我朋友。"

"嗨，美女。"杨言笑跟我打了个招呼，穆少白也对我点了点头。

骆七七一个栗暴敲在杨言笑的头上，说道："不许调戏人家。"

"是是是，小的遵命。"杨言笑点头哈腰，然后抽出一支烟，给骆七七

点上。

我忽然觉得自己跟他们不在一个世界。我走过去，倒了一杯酒，问道："今天是什么特殊的日子吗？"

骆七七被杨言笑捉弄，一口烟呛在喉咙口直咳嗽，穆少白回答我："不是什么特殊日子，我们几个每周都会来这里聚一下。晚上8点的时候，酒吧会举行啤酒比赛。"

"你们要参加？"我问道。

骆七七一把将杨言笑塞进沙发里，解释道："不是，喀喀……该死的杨言笑，不是我们啊，是凌皓辰，他还没来呢。"

"凌皓辰？"我惊呼道。

骆七七三人皆疑惑地看着我，她先开口问道："你们认识？"

"我跟他才不认识。"说完，我端起杯子，仰头就饮。

饮完我就后悔了，嗓子灼热难耐，我尴尬地四处寻找纯净水。穆少白从沙发下拿出纯净水，拧开盖子递给我，我"咕咚咕咚"喝了大半瓶。

骆七七一只手搭在我的肩上，若有所思地笑道："别拼命啊。"

我还没来得及解释什么，包间的门就被踹开了。凌皓辰抱着一大堆零食跑了进来，然后将零食全部堆在桌上。末了，他偏过头看着我，仔细地看着，眼睛都不眨一下。

"遇到熟人了。"杨言笑在旁边有点儿幸灾乐祸。

凌皓辰的表情像是被冻结了一般，许久，才缓缓地问道："谁把她带来的啊？"

"我。"骆七七拍了拍胸脯。

凌皓辰一脸沉重的表情，双手握住骆七七的手，感慨道："唉，恩人啊，恩人！今天的酒钱我全包了。"说完，他立马换了一副嬉皮笑脸的样子，单手撑着脑袋看着我。

我转过身，到穆少白旁边坐着，凌皓辰跟过来，一屁股坐在我和穆少白的中间，继续看着我。

"骆七七，我要走了！"我心里憋着火，大声喊道。

"别！"凌皓辰阻止道，"马上就有啤酒比赛了，纪青念，你等着，我去给你赢礼物。"

"谁稀罕你的礼物。"我冷冷道，起身就要走。

骆七七连忙过来拦住我，给凌皓辰使着眼色，凌皓辰走过来站在我面前，双手环胸，饶有意味地看着我。

我愤恨地盯着他，一字一顿地说道："同学，不要妄想在我的面前找存在感。"

凌皓辰没有直接回答我的话，他凑过来，抬起手臂指着手腕上的腕表，一动不动地看着我，笑着数道："3，2，1！"

话音刚落，酒吧服务员从包间外面将门打开，场地上主持人的声音随即响起，安静的酒吧开始热闹起来。

骆七七过来拽住我，往人山人海的舞池中央挤去。

放肆酒吧每个周末都会在这里举办啤酒比赛，谁喝得多，就有一次把旅行纪念照留在酒吧墙上的机会，并且酒吧免费提供酒水一个礼拜，还顺带赠

送小礼品。

骆七七钻进人群中灵活地扭动着身躯，时不时跟我打着招呼，我不喜欢挤进去跳舞，便在角落里的沙发上坐下。

旁边杨言笑像是伺候拳击手上场一般给凌皓辰捏肩捶背，递水擦汗的。穆少白坐到我旁边，凑到我耳边说道："皓辰喝酒特别厉害，你等会儿就可以见到。"

"我一点儿也不想看到。"我靠着沙发，懒洋洋地打量着喧闹的酒吧。

我伸手摸向裤兜，发现手机落在骆七七家了。一想到回去定要被纪大海和马文娟骂一通，我无奈地翻了个白眼，端起桌上的酒杯，慢悠悠地饮用。

比赛现场被围了个水泄不通，人群加油的呼声里，我能清晰地分辨出骆七七和杨言笑的声音。我思索了一会儿，问旁边的穆少白："要是凌皓辰喝醉了，你们谁负责送他回家？"

穆少白眉头一蹙，说道："他是喝不醉的，不会醉到连家都回不了。"

穆少白的话音刚落，我就听见杨言笑大呼的声音，他从桌上跳了下来，将手里的啤酒盖扔出来。凌皓辰抹着嘴从人群里走出来，主持人宣布胜利时喊的是他的名字。

凌皓辰走到我面前，中间隔着一张低矮的玻璃桌，他举起手，做好瞄枪手势，对着我"嘣"了一声。骆七七和杨言笑都像马屁精一样恭维着凌皓辰，夸他真厉害。

凌皓辰坐在穆少白旁边，问我："纪同学，你不想夸我吗？"说着，他将一个哆啦A梦的毛绒公仔在我面前晃了晃，"送你。"

"我喜欢维尼熊。"我拒绝道。

谁知道凌皓辰另一只手伸到我面前，举着维尼熊的公仔大笑道："哈哈哈，礼品就是这两个公仔，纪同学，你太幸运了。"

真是黏稠的牛皮糖、垂死的臭苍蝇，我接过维尼熊，随手放在桌上。

骆七七招呼着凌皓辰和杨言笑去跳舞，两个性子闹腾的人开始在舞池中间斗舞，不出两分钟，就成了这个舞池的霸主。

我转头看着穆少白，问道："你能把我送到公交站台吗？"

穆少白没有多问，只是点点头。

我起身走出去，他带好外套跟在我后面。

走出放肆酒吧后，世界安静了许多。夜空中只有一轮圆月，映得这个世界苍凉无比。

"这种氛围习惯了就好，但是不要太过沉溺。"

穆少白像个老友一般跟我说出这句话，我淡淡地回应了一个"嗯"字。

"能借我两块钱吗？"我的钱和手机都在骆七七家。

穆少白掏出两枚硬币，笑着说道："刚好。"

我赶着101的末班车，在车门边对穆少白做了"再见"的手势："跟七七说，我回家晚了家里人会担心，让她玩得开心，明天帮我把书包、手机带到学校。"

"好。"穆少白点点头，"路上小心。"

车子启动的时候，整个公交车上就只有我跟司机两个人，穆少白的身影在车窗外越来越远。

那天晚上，我什么也没有做，却没来由地觉得心里某个地方被掀翻了。

我开始逃避着并不那么太平的家，开始渴望留在外面，纵使孤独，也没有关系。

会 有 情 愫 慢 慢 地 发 芽

Chapter 02

第二章

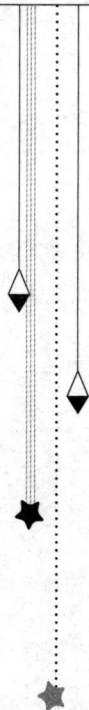

◈

命运是转动着的齿轮，我分不清在哪一刻会回到原点，也不知道在什么时候会脱离轨道变得不像自己，但那个时候我觉得，即使再不像自己，也比以往的生活要来得出彩吧。比如我从来不后悔认识骆七七和凌皓辰，即使后来的挫折会让我痛到无以复加。

01

昨天晚上回家的时候，纪大海在客厅教训了我一个小时，我一直低头认错，说不该放学后不回家还把书包落在同学家里。

纪大海见我态度端正，便没有为难我。我躲进卧室的时候，扑进被窝里笑得有些桀骜。

第二天我一大早就起来了，在学校附近买了两个肉包子吃完，然后在学校门口等着。

我忽然意识到一个非常严重的问题，像骆七七这种把学校当游乐场，偶尔过来玩玩的人，能准时把书包带过来吗？

一想到这里，我就捏着眉心，叹了口气。

"念子！"随着一声口哨响起，骆七七的声音传入我的耳中。

我抬头，看着随意套着校服、单肩挂着书包的骆七七，心里一阵雀跃。

她将书包扔进我怀里，像是看穿了我的心思一样，用胳膊肘捅了捅我，坏笑道："是不是等急了？怕我不能准时把书包带过来？"

我故作淡定，将书包背在背上，说道："我信得过你。"

骆七七亲热地挽着我的胳膊，嘴里嚼着的泡泡糖吹出一个大大的泡泡，然后用手指戳进去，说道："一起走吧。"

我没有拒绝。

身边许多认识骆七七、认识我的人，都用奇怪的眼神打量我们。我心里明白，学习成绩名列前茅的纪青念怎么会跟社会小太妹骆七七在一起呢？我心里冷笑着，直直地对上四周投来的目光。

走到教学楼的楼道里，骆七七将手从我的臂弯里抽出去，轻轻拍了拍我的胳膊："谢谢你。"

"去上课吧。"我笑着摇了摇头。

骆七七双手揣进衣兜，三步并作两步跨上楼梯，然后回头看了我一眼，再小跑上去。

我折身走进旁边的教室，同往日一般在座位上坐下，等候老师点名。

我喜欢靠窗的位置，有时候学习太过枯燥，外面那棵年龄很大的银杏树就是我娱乐的对象。很多时候它在我的脑海里是一个活生生的有灵魂的角色，它会倾听我无处言说的秘密，是我精神上的知己。

午间休息时，我打算做两道题再去食堂——我不喜欢去挤着排队。

骆七七大大咧咧地从楼梯口跳下来，见我还在教室，立马横冲直撞地闯

了进来："念子，不去吃饭吗？"

四周的同学都投来厌恶的目光，自觉避开她很远，但是骆七七就有本事摒弃周遭的一切。

"现在下去太挤了。"我摊开练习册，将笔盖取下来盖在另一头。

骆七七走过来，给我合上练习册，夺过笔，一本正经地说道："学习固然重要，但身体是革命的本钱。等会儿下去黄花菜都凉了，吃剩饭剩菜对身体不好。走，姐带你走后门。"

"啊？"我还没反应过来骆七七所说的"走后门"是何意，便已经被她从座位上拉了起来。

"纪青念，人家吃饭像是鬼在撵一样，你竟然还不着急，真是太奇怪了。"骆七七的声音一颤一颤的，拉着我以百米冲刺的速度跑到了食堂。

食堂里已经挤满了人，每个窗口前都排上了长队。

"你有什么后门？不会想插队吧？"我故意笑话骆七七。

骆七七没有回答我，踮着脚四处张望，最后像是见着宝一样，拽着我穿过人龙长队。

我看着桌上丰盛的小炒菜和旁边的三个人，又看看骆七七得意的样子，心里猜出了十之八九。他们几个以课堂枯燥为理由，在下课前提前两分钟借口上厕所出来把菜全部叫好，也就免去了排队之苦。

真棒，我是真心的。

"坐。"凌皓辰拍了拍凳子，示意我坐下一起吃。

我也不客气，坐下去就开动。

凌皓辰塞着满满一口白米饭，边夹菜边问我："这个周末我们打算去岛上烧烤，你一起去吧。"

"不想去。"我直接拒绝道。

凌皓辰夹菜的筷子停在半空中，语气里有些失望："这么不给面子啊？"

骆七七见状，咽下食物，说道："念子，我们周六下午3点去烧烤，一起去吧。"

"好。"我答应道。

"哈哈哈！"杨言笑一口米饭喷在了凌皓辰的脸上，笑到差点儿跌到地上，穆少白笑到呛了几声。

骆七七一脸自豪地看着凌皓辰，伸出手，很自然地把仰天大笑的杨言笑扳正。

凌皓辰松了一口气，然后又露出灿烂的笑容，说道："不碍事，答应了就好。"

我继续吃着饭，不想理他。

"青念，你怎么……"

听到声音，我抬起头，班里跟我玩得比较好的姜琳和莫艳艳正端着餐盘诧异地看着我。

"怎么和我们这群人在一起，是吗？"

骆七七颇有几分挑衅地盯着她们。

莫艳艳往前面一探，说道："你们别带坏了青念。"

骆七七将筷子插进米饭，阴阳怪气地笑了几声，然后挥手说道："妹妹们快去吃饭吧，菜都凉了。"

莫艳艳收回目光看向我。

我轻声笑道："他们都是我的朋友，别乱想，快去吃饭吧。"

莫艳艳还想为我争辩什么，姜琳就拉住了她的手，然后抱歉地对我说道："打扰了，我们先走了。"

说完，她使劲地拉着莫艳艳走，莫艳艳气恼地甩开姜琳的手，还在小声地责备她什么。

我目送着她们走远，然后看着骆七七，云淡风轻地说道："对不起。"

"没关系，咱们是朋友。"骆七七重复着我刚才说的那句话，然后给我比了个"赞"的手势。

"不过话说回来。"穆少白吃完饭，取了张纸巾擦嘴，"青念，你也别因此耽误了学习。要是有什么不方便的地方，一定要跟我们说。"

"就是啊。"骆七七推着我的手臂，说道，"要是因为我让你学习落下了，那我就成了千古罪人了。"

"交几个朋友怎么会让我落下学习？"我白了他们一眼，"别咸吃萝卜淡操心啊。"

"就是，交几个朋友怎么会落下学习了？"凌皓辰像个复读机一样重复我的话，碗都见底了，他还没察觉到自己脸上那粒没擦干净的米饭。

我站起身，叹了口气，走出食堂。骆七七跟在我身后，也叹了口气。

走出食堂后，我忍不住笑，骆七七也笑，骆七七说："念子，就让凌皓辰脸上那粒米饭往事随风吧。"

往事随风，一切成空。

莫艳艳还在介意我跟骆七七她们一起吃饭，在去教室之前，我去小卖部买了莫艳艳最喜欢的零食给她。

莫艳艳一把夺过我手里的零食，开封就吃，然后别过脸不理我。

姜琳劝我说别管她，她生了气一会儿就会好了。

我转身往座位上走去，莫艳艳突然在身后叫住我："纪青念！"

我回头，她瞥了我一眼，说道："朋友可以有很多个，所以你有了那群人，也不许忘了我跟琳琳！"

我寻思着，脸色有些严肃。看到莫艳艳赌气的样子，我笑着说道："当然。"

莫艳艳满足地点点头，又塞了一把零食放进嘴里，自言自语道："这薯片还蛮好吃的。"

我笑着摇了摇头，这件事就算是翻篇了。

周六早上，骆七七给我打电话约我一起去买烧烤的食材。

当我和她费了九牛二虎之力，把几乎全是肉的食材装上车的时候，那三位少爷才缓缓走过来。

骆七七气急败坏地嚷道："杨言笑，你们是蜗牛吗？那么慢！"

杨言笑背着大旅行包跑过来，解释道："大小姐，我们是去买零食。别急啊，我买了许多你喜欢吃的东西。"

骆七七嘴上还在埋怨着杨言笑，手却去帮杨言笑放沉重的背包了。

我拍了拍手，准备上车。凌皓辰走到我面前，靠在车身上。

"干吗？"我问道。

"没什么，我就是觉得你很眼熟。"凌皓辰痞痞地笑着。

我双手叉腰，歪着头看着他："你这是在勾搭我吗？"

凌皓辰站好，伸出手臂想要环住我的肩膀："我跟你讲，我……"

我找准了时间从他旁边溜走，让他扑了个空。

"纪青念同学，我有必要跟你说明一下，我凌皓辰是个正人君子。你见过形容正人君子用'勾搭'这个词的吗？显然没有啊。"凌皓辰叽叽喳喳地跟着我上了车，挑我旁边的座位坐下。

"应该是勾引。"前面的杨言笑轻声对穆少白说道。

骆七七吃着零食问凌皓辰："凌皓辰，你是不是看上我们家念子了？"

"去去去，瞎说实话。"凌皓辰像赶苍蝇一样对骆七七挥手。

我掏出手机，插上耳机，开了音乐，把音量调到了最大，然后靠着窗户，闭上了眼睛，把棒球帽扣在了脸上。

身边聒噪的声音戛然而止。

02

五月的天气已经不凉快了，黏稠的空气中，燥热分子在涌动，小岛临湖而立，气候怡人。站在湖边还能遥望到青山，既能赏风景，又能烧烤，两全其美。

小岛上提供炉子，所以凌皓辰跟骆七七、杨言笑已经迫不及待地架好了炉子，准备开始烧烤。穆少白负责安静地做一个美少年，把这次愉快的野外烧烤全部记录在相机里。

我将冷冻的食材从包里取出来，感到有些棘手："怎么烤啊？"

凌皓辰走过来，帮我把食材拎到炉子旁边，说道："有我们就够了，你去玩吧。"

我自知不懂烧烤，也不去凑热闹徒增麻烦，抬头看见不远处的索桥，我来了兴趣，跑过去。

我既怕水又怕高，尤其怕走铁索桥，但我很想上去走一遭。

"你怕高？"穆少白的声音在我身后响起。

"也怕水。"我坦白道。

穆少白笑了笑，走到我前面，伸出手。我看了他一眼，将手递给他。穆少白牵着我的手，小心翼翼地引领着我，说道："它会晃，但是晃得不厉害，你只要正常走路，是没有问题的。"

我紧紧地抓着穆少白的手，走了好几米，最后实在受不了，闭着眼睛说道："等等。"

穆少白没有再走，静静地等我说话。

我睁开眼睛，不好意思地开口道："我小时候坠河差点儿淹死，心里有阴影。"

穆少白听闻，面露愧色："抱歉。"

"没关系。"我两只手都抓住了穆少白的胳膊，然后慢慢蹲下去，盘腿

坐在了桥上。穆少白也学着我的样子坐在我旁边。

我感受着轻轻摇晃的索桥带来的刺激感，问道："你们有很多这样的活动吗？"

"嗯，会经常出来玩。"穆少白答道。

"真好。"我由衷地说道，"想做什么就做什么的感觉，我只有小时候在乡下奶奶家的那段时间才有。因为平时被我爸爸管得严，所以小时候去了奶奶家对一切都好奇，偷偷跑去摘橘子，最后掉进了河里。"

穆少白轻声笑着问道："那你最后是怎么上来的？"

我回想起那段时光，脸上不自觉地浮现出了笑意："我呛了好多水，感觉要见到龙王了，是一个路过的……"

"胆小鬼，记住我是外星球超人！"

那个时候稚嫩的童声在我耳边回荡，我笑道："一个路过的外星球超人救了我。"

"咔嚓——"快门的声音将我的思绪拉了回来。

"抱歉。"穆少白说道，"刚刚你很美，都不像平日里的你。"说完，穆少白举着单反相机给我看。

照片里的少女微仰着头，脸上流露出发自内心的微笑，眼里全是对美好的憧憬。

"所以，你一直记得那个外星球超人，对吧？"穆少白将我刚才说的话接了下去。

我摇摇头，说道："那个时候太小了，记不起他长什么样子，就只记得这一句话。"

"没关系，一切都会回到原点再见面的。"穆少白的话听起来不太现实，却是我想要听的话。

不想就这样抛弃在回忆里的美好，我曾想着，一定还会回到原点，再见面的。

不一会儿，远处的骆七七就对我们招手，让我们赶紧下去吃烧烤。

我跟穆少白回到总营部，凌皓辰举着一大串肉递到我面前，说道："任君挑选。"

我故意一脸嫌弃地看着他："全是肉，会长胖的。"说着，我从中挑选了两串瘦肉，笑道，"谢啦。"

凌皓辰爽快地应道："不客气！"

我的心情开始晴朗起来，就像这万里无云的天空一样，这样一来，凌皓辰好像也变得不那么讨厌了。

那天我们玩得很畅快，仿若这个世界就只剩下我们，我们只需要肆意地放纵，肆意地大笑，就会驱赶所有忧伤一样。

我在晚上7点之前赶了回去——纪大海给我规定的时间。

六月初的某天，我正在讲台上擦黑板，穆少白在教室门口示意我出去。我放下黑板擦，走出去，问道："怎么了？"

穆少白说道："凌皓辰今天下午有场比赛，你去不去？"

"几点？"

"四点半。"穆少白说道。

四点半，这就意味着我要逃掉一节课。

我想了想，说道："好，现在就走。"

穆少白点点头，带着我悄悄地潜到学校图书馆后面，翻墙爬了出去。

等到了竞技场的时候，我惊呆了，简直是人头攒动。骆七七和杨言笑把我跟穆少白带到观众席上，还没开始，骆七七就已经夸张地为凌皓辰加油助威了。

我坐下，看了看四周热情高涨的观众，问穆少白："什么样的比赛啊？这么多人。"

穆少白说道："GP500锦标赛（世界摩托车锦标赛），A市第一次举办的，汇集了很多战车爱好者。第一名有五万元的奖金，凌皓辰要是拿到了这笔奖金，学费跟生活费就不用愁了。"

我疑惑地问道："他还要靠比赛来赚取学费和生活费吗？"

"嗯。"穆少白点点头，"皓辰的父亲在他小的时候因病去世，母亲很快就改嫁了，也不管他。他跟着他奶奶生活，奶奶年龄大了，管不了他，他只能自己赚取生活费和学费。他爸爸有一个老战友，大家都叫他华叔，皓辰小时候受过华叔很多照顾，但他觉得现在长大了，不能再问华叔要钱了。"

听闻，我沉默了半晌，不知道该说些什么。

就在我沉思之时，四周响起一片尖叫声，比赛要开始了。

"那辆红色车上就是皓辰。"穆少白指给我看。

随着哨声响起，十辆GP500从起点疾驰向终点，我刚想开口喊加油，声音却被淹没在此起彼伏的助威声中。

加油，凌皓辰。

我在心里默念。

凌皓辰一直领先于其他人，在最后一个转弯口的时候，被第二名超越。我心里一惊，忍不住拽紧了胳膊。

"啊！凌皓辰，超速！超速啊！"骆七七和杨言笑在前面尖叫着。

大屏幕镜头切到了凌皓辰的脸，透过头盔，我看到凌皓辰的眼神凌厉且认真，他不紧不慢地加速，在越来越高的欢呼声中，以0.098秒的时间在终点线超过了第一名。

"凌皓辰，你太棒了！"骆七七嗷嗷直叫，"偶像！无敌的那种！"

我一直悬着的心总算是放了下来，忍不住松了口气，感觉比我自己比赛还要累。

我跟着骆七七等人去休息室等凌皓辰，凌皓辰穿着一身红白相间的赛车服走过来，取下头上的头盔，目光一直落在我的身上。

他脸上有着抑制不住的笑容，一伸手，将头盔抛进我的怀里。我慌忙接住，丢了一记白眼给他。

"给，水。"骆七七连忙递给凌皓辰一瓶矿泉水，凌皓辰喝了一口，跟穆少白和杨言笑互相碰拳，穆少白跟杨言笑也送上了祝福。

凌皓辰吐了口气，走到我面前，他的头发被汗水浸得湿漉漉的。

"谢谢你来看我。"凌皓辰认真地说道。

我从兜里掏出平时用的手帕，递给凌皓辰："恭喜你。"

凌皓辰接过去，看了看手帕，然后擦去脸上的汗水，转过头说道："今天晚上我请客，你们大家想吃什么就吃什么。"

"好！"骆七七首先欢呼起来。

接着，凌皓辰回过头看着我，细声说道："你也来。"

"嗯。"我微笑着点头。

"干杯！"昏暗老旧的巷子里，我们围坐在一张热气腾腾的麻辣烫桌旁，高举酒杯碰杯。

骆七七和杨言笑都很高兴，拉着凌皓辰站起来一起灌酒，一起祝福他，一起说着曾经轻狂的故事。

我打心眼里羡慕他们的友情，在别人眼中，他们是令人头疼的问题学生，可能不听话，可能很叛逆，可我觉得，他们真的好可爱。

我笑了笑，推开酒杯，拿着啤酒瓶喝起来。

"不会喝就少喝点儿。"穆少白轻轻地敲了敲桌面。

"没关系，难得这么开心。"我笑道，然后仰头饮了一大口。

穆少白给我挑了几串蔬菜放到碗里，说道："吃点儿东西再喝。"

凌皓辰看着我，一只手搭在我的脑袋上，揉了揉我的头发，说道："少喝点儿，等会儿你还要回家。"

我摸着有些发烫的脸颊，因为家里还有两位长辈，只能暂时封杯。

杨言笑跟骆七七都喝得太多了，开始互相搂着肩膀说胡话，穆少白怕他们俩有事，决定送他们回家。凌皓辰去付了钱，伸手扶着我的胳膊说道："我送你回家吧。"

我没有拒绝，跟穆少白和骆七七告别之后，我跟着凌皓辰往家里走去。

穿过大街小巷，看见一间公共厕所，凌皓辰让我进去洗把脸，免得被家里人看出什么。然后他跑去给我买了瓶矿泉水、一瓶香水。我笑凌皓辰太过贴心，凌皓辰却笑而不语。

到了小区楼下的时候，凌皓辰朝我挥挥手："进去吧。"

我走了几步，回头看着他，说道："明天见。"

"明天见。"他说。

我转过身进了小区。

到家的时候，马文娟已经在洗碗了，纪明和纪大海坐在沙发上看电视。

见我回来，纪大海立马站起来，问我："青念啊，你去哪里了？这么晚才回来。"

我态度极好地回答道："爸爸，对不起，班上有个女生过生日，把我们都叫去她家玩了。手机也没电了，所以没来得及跟您说。"

纪大海本想训斥我一顿，但见我这般说，也没说什么，倒是纪明，看着我一脸坏笑。我没有理他，直接进了卧室关上了门。

近乎封闭的空间让我感到窒息，我赶紧打开窗户，张开双手，开始大口地呼吸空气。我不知道是从什么时候开始，想要逃避这个所谓的家了。

03

教室的窗户外，银杏树一片苍绿，笔在我手指尖转动，老师讲课的声音就像是从遥远的山谷里传来的一样，听不真切。

我偷偷掏出手机，给骆七七发短信："我想去游戏厅。"

"我陪你。"

我忽然窃喜起来，逃掉了整个下午的课。

当我和骆七七累倒在跳舞机上的时候，骆七七说道："我没想到啊，纪青念，你居然会主动约我出来玩，而且还是逃掉一下午的课来。"

"在教室里憋得慌，再说了，偶尔逃课，我的成绩也跟得上。"

"啧啧啧，太牛了。"骆七七一脸嫌弃地说道，然后站起来，挑衅道，"再比试一局？"

"好。"我也爬起来，跟骆七七来了场对决。

那天我准时回家了，此后的许多日子，我都悄悄地逃课，跟骆七七那干人出去玩。所谓夜路走多了总会遇到鬼的，我也很不巧地遇到了。

期末考试的前一天，我回到家，马文娟在照顾纪明吃饭，纪大海坐在沙发上，电视屏幕是黑的，他在频频叹气。

我见气氛不对，不便多留，径直进卧室。

"青念。"纪大海叫住了我。

直觉告诉我会有不好的事情发生，我站住，缓缓回头。

纪大海说："你过来。"我乖乖地走到他面前，他抬头问道，"你在学校发生什么事了？"

我顿时就明白了，定是班主任找了纪大海说我逃课的情况。这个时候要想狡辩已经是不可能的事了，我低下头说道："对不起。"

纪大海皱起眉头，忽然暴怒起来，指着我的手不住地颤抖："你什么时候变成这个样子了？不像话！太不像话了！这哪还像个学生？"

纪明在一旁幸灾乐祸地笑。

"吃饭。"马文娟喝止住他。

我低着头，摆弄着衣角，轻声说道："爸，我错了，您别生气，是我不好，我太贪玩了，但是我跟您保证，再也没有下次了。"

纪大海气得胸口一起一伏的，指着墙角说道："自己过去站好！要是明天考试没考好，咱们再来算账。"

我赶紧跑到墙角站好，纪大海不说可以，我就不能结束。

现实有时候总是出人意料的，期末考试后，我拿着总分比平时低了四十多分的成绩单一直站在门口不敢进去，这个成绩要是被纪大海知道了，我的屁股一定被打开花。

徘徊间，我手上的成绩单忽然被抢走，纪明一下子闪到楼梯口，看着成绩单，说道："哎呀，我还想看热闹的，你这个成绩比我的好多了啊。看来等会儿被训斥最多的还是我。"

"还给我。"我没好气地从纪明手上夺过成绩单。

出人意料的是，纪大海没有训斥我，他给了我另一个答案。

成绩单下来的第三天，纪大海边穿衣服边来到我房间，说道："小念，起来了。"

我迷迷糊糊地掀开被子，问道："去哪里？"

"补习班。"

补……补习班？我腾地从床上坐起来，难怪他不合常理地没有训斥我，

原来是给我报了补习班，想要我把成绩拉回去。

我心里烦忧着，忍不住扶额。

补习班在金典大厦的18楼，小班制成立，一个班五个学生。我所在的补习班包括我在内，三个女生，两个男生，他们都戴着黑框眼镜，一上课就像是木头一般不说话，死死地盯着黑板。

补习老师的课讲得实在是太枯燥了，我趴在课桌上开始画小人，画着画着，忽然发现这个小人颇有凌皓辰的几分桀骜。

"喂……"初次见面，他冷冷地叫住我，随即脸上露出笑容，"你好像来例假了。"

我忍不住笑，将笔尖点在小人的脸上，学着凌皓辰轻哼道："喂……"

后来的几次相处，他永远都是那么自信，那么有活力。赛车的时候，认真的模样还让人觉得心动。

我皱了皱眉头，看着小人咧开的嘴，轻声骂道："不要脸。"

"纪同学。"补习老师疑惑地叫我。

"啊？"我连忙抬起头。

"你说什么？"她眯着眼睛看着我。

我说："老师，您讲课讲得真好。"

补习老师用粉笔敲了敲黑板，警告我："上课认真点儿，别开小差，你家人送你来补习不花钱啊？"

"是。"我认真地答道。

中午的时候，补习老师走到我面前，说道："纪青念。"

"嗯。"我站起来。

她从洋红色的钱包里掏出一张红色的人民币给我，说道："去楼下的麦当劳帮我买份炸鸡翅、一个汉堡包、一包薯条和一杯可乐。"

"哦……"我接过钱，略不情愿地出了教室，等着电梯。

因为是午餐时间，所以麦当劳里已经人满为患了，五个点餐窗口排的全部是长龙，我百无聊赖地站在最后面，跟骆七七聊着QQ。

"我老爸帮我报了个补习班，现在在帮补习老师买麦当劳。"

骆七七回复道："恭喜，我和杨言笑在H市旅游。"

我迟疑了片刻，又问："穆少白和凌皓辰呢？"

"穆少白每个暑假都会出去做兼职，凌皓辰最近好像有个地下赛车比赛吧。"

地下赛车？我旁敲侧击地在骆七七这里打听到了凌皓辰比赛的时间和地点，头顶传来一个熟悉的声音："你好，请问需要点什么？"

我抬起头，对上一张浅笑的脸庞。

"穆少白！"

我有点儿激动，穆少白笑着做了个"噤声"的手势，又问道："需要点什么？"

"炸鸡一份、汉堡包一个、薯条一包、可乐一杯，打包。"

穆少白点点头，熟练地点餐、收钱、装餐。

"你好，你的点餐，欢迎下次光临。"三十秒不到，穆少白就给我准备好了。

"谢谢。"我微笑着接过来,"我对你的服务感到十分满意。"

穆少白故意行了绅士之礼,说道:"很荣幸为你服务。"

我笑盈盈地跟穆少白道别,也不好继续打扰他。走出大门的时候,我呼吸了一下新鲜空气,看着头顶上方的烈日,对自己说:"纪青念,穆少白在努力,凌皓辰在努力,骆七七在浪荡,世界这么美好,你有什么理由不好好学习呢?"

说完,我心情极好地返回补习班,开始认真听课。

凌皓辰的赛车比赛在7月21日下午5点开始,我正好下午5点下课。

我看着手表,匆匆地拦了辆车,到了比赛的地下停车场。

因为下班高峰实在是太堵了,我花了一个小时才到。

等我到停车场的时候,我见到一个满臂文身的男人将一个信封给了凌皓辰,并且按着他的肩膀,说道:"好小子,厉害。"

凌皓辰的脸色有点儿难看,只紧紧地拽着手里的信封,然后眉头舒展,面不改色地说道:"哪有,都是雷哥让的。"

"凌皓辰。"我远远地喊了他一声。

凌皓辰转头看着我,神色诧异。

"女朋友?"雷哥冷笑道。

"不是,是同学。"说完,凌皓辰不动声色地疾步走来,拽住我的手腕,低声问道,"你怎么来了?"

"我来给你加油的。"我诚实地回答道。

"笨蛋！"凌皓辰瞪了我一眼，声色严厉却又透露关怀。

凌皓辰转身对走上前来的雷哥说道："雷哥，我同学找我有些事情，我先走了。"

雷哥双手叉腰，说道："走吧。"

"谢谢雷哥。"

凌皓辰道完谢，伸手揽住我的后背，将我带出了停车场。

我回头看了一眼身后漆黑的入口，问道："他们都是社会上的人吧？"

"知道你还来？"凌皓辰的语气有些嗔怪。

我有些不放心，停下脚步，抓住凌皓辰的胳膊，说道："你以后别参加这种不正规的比赛了，看起来很危险的样子。他要真是那种混社会的老大，被你赢了钱，一定很没面子。"

凌皓辰看着我，慢慢地勾起唇角，问道："念，你是在关心我吗？"

我瞳孔渐缩，在炎热的天气里感觉手臂上起了不少的鸡皮疙瘩。

凌皓辰笑了两声，拍了一下我的后脑勺："走，我给你去买冰激凌。"

我一脸黑线地跟在凌皓辰的身后。

凌皓辰趴在柜台上，问我："你想要什么口味的？"

"香草。"

"两份香草冰激凌。"凌皓辰对服务员说道。

买完冰激凌，我跟凌皓辰一起坐在湖边吹风。

凌皓辰舔了一口冰激凌，侧过头对我说："纪青念，我要你老了之后还记得，你跟一个叫凌皓辰的少年一起吃过香草冰激凌。"

"这并不是什么值得纪念的事情。"我淡淡地说道。

"怎么不是？"凌皓辰立刻反对道，他问我，"你不觉得我们的关系比开始见面的时候好很多了吗？这很值得纪念啊。"

我沉默不语，牙齿磕在冰激凌上，直到刺冷的感觉涌上来，我才慢慢地挪开。

我说："好。"

凌皓辰满意地点点头，然后哼起了一段儿歌。

"你这是在唱什么？"我心不在焉地问道。

凌皓辰说："你小时候看过《外星传奇》吗？这就是那首主题曲，少年Tim为了救被外星人绑架的公主，克服重重困难最终获得成功。"

"嗯。"我漫不经心地听着。

"Tim有个大绝招，手臂一挥，咻咻——然后发射出雷火弹，就能把敌人打趴在地。公主看到他，就会惊呼'外星球超人'！你知道吗？我小时候就特别想做一个外星球超人。"

冰激凌在烈日下融化，流到了我的手指上，湖边拂来一阵清风，将发丝吹到了脸上。我内心深处的某段记忆被拨动起来，开始泛滥成灾。

凌皓辰的声音还在我耳边回响，我愣住了。

外星球，超人……

不 是 时 光 不 会 亏 待 人

Chapter 03

第三章

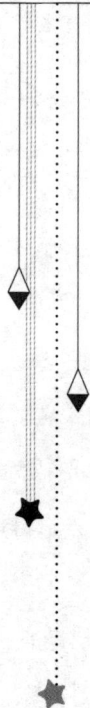

◈

　　我在想一个十分严肃的问题，明明黑夜里的星星都长得一样，为什么它们还要奋力挤破黑暗冲出来？后来我才知道，如果我一直躲在后面，你就永远都看不到我。就像在墙上越来越茂盛的爬山虎一样，会死亡，会枯萎，却甘之如饴。

　　01

　　开学之前，不安分的骆七七从H市回来，闲得无聊，给我打电话说要举办一场别开生面的化装舞会。

　　杨言笑花了两天的时间，找到了一家废弃的工厂，位于H区一处建筑地上。骆七七包了辆面包车，后车厢塞满了布置场地的道具。她坐在我旁边，用刚买的手机给我看在H市拍的一些照片。

　　我斜着眼睛看着骆七七穿着比基尼得意的照片，她却捂着嘴在另一边笑到不能自己。

　　到仓库的时候，里面早已被打扫得干干净净，只差我们来挂道具了。

　　"谁这么勤快？"骆七七狐疑地看着三个男生。

　　凌皓辰搂着杨言笑的肩膀，眼睛瞥向别处，抖着腿。杨言笑则像个娇羞的小姑娘一样捂着嘴笑。

"姓杨的，不错嘛。"骆七七的话听起来不像正儿八经地夸人，但是对于杨言笑来说很受用。

杨言笑哼了一声，说道，"那是，你也不瞧瞧我是谁，'小旋风'的称号可不是徒有其名。"

"得了吧，夸你一句就上天了。"骆七七白了他一眼，然后抱着大堆的彩花吆喝道，"念子，去布置场地。"

我像个小跟班似的跟在骆七七屁股后面，回头对杨言笑做了个"加油"的手势，杨言笑笑嘻嘻地回了我一个同样的手势。

我提着油漆桶去刷天花板上生锈的废弃铁管，穆少白在下面扶着桌子，说道："青念，你下来吧，我来，这个太危险了。"

"没关系，我小时候在家经常帮我奶奶安装灯泡呢。"我挥着油漆刷，大大咧咧地笑道。

穆少白被我逗笑了，说道："你不是怕高吗？还有……你穿着裙子会不会不方便？"

"轰——"我脑海里顿时闪过一道光，我忘了我今天穿的是裙子。

我连忙蹲下去，抱着膝盖，被自己的大意弄得哭笑不得。穆少白还在笑，露着一颗小虎牙。

我低下头，笑到肩膀一抖一抖，脸犹如滚烫的火球一般。

凌皓辰挤了过来，未等我反应过来，就把我从桌子上抱了下去。

"喂，凌皓辰。"我拍打了一下他的肩膀。

凌皓辰一副大人口吻说道："啧，干什么啊，一个小姑娘家家的爬上爬下。还有你……"凌皓辰指着穆少白，"笑笑笑，还不快干活，快点儿啊，不然不发工钱。"

穆少白收了笑脸，立正敬礼："是，长官。"

凌皓辰满意极了，做领导状说道："这还差不多，明天给你涨工资。"

"谢长官！"穆少白又敬礼。

凌皓辰见游戏好玩，想要继续，却被举着彩灯的骆七七追得满场跑，骆七七边追打还边喊："你装！你再装！"

凌皓辰一边跑一边喊救命："救命啊！残暴的骆七七，你不是说我是你的偶像吗？"

"那只限于你赛车的时候，快去干活！"

我笑着看着他们满场乱跑，继续和杨言笑、穆少白一起忙着手里的活。

将工厂布置了一番，已经是下午4点了。

骆七七看了看手机，说道："杨言笑，联系酒水要在下午五点半之前送到，我们现在回去洗个澡，准备好面具。请大家通知各自的朋友在晚上六点到达场地，我们的派对在六点半准时举行。"

骆七七就像一个王牌老大一样，妥妥地安排好了分工。

她转过身，又对我说："念子，你跟我回去，我们是今晚的主角。"她看着我，无比神秘，无比认真。

我不知道骆七七的葫芦里卖的是什么药。跟着她到了她家的时候，她将我领到了衣橱前。

"闭眼！"骆七七命令我，我乖乖地闭上眼。

我听见骆七七开衣柜门的声音，她的动作小心翼翼，我有一种像是打开了新世纪大门的错觉。骆七七提醒我不许睁眼，我举起手，比了个"OK"的手势。

"当当当——"骆七七凑到我面前，我感觉被一个黑影压迫下来，她说，"纪小姐，你可以睁眼了。"

我缓缓睁开眼睛，骆七七慢慢地从我面前移过去。两件一模一样的晚礼服挂在衣橱中，一件黑色，一件白色，性感却不暴露，高贵却不保守，有点儿小清新，又格外有气质。

"这是我从国外订的姐妹装，一个黑天鹅，一个白天鹅。"骆七七介绍道，她的眼眶有点儿湿，"念子，认识你真好。"

我愣了一下，然后用胳膊肘撞了撞骆七七，说道："那我就不客气去试穿了，等会儿帮我梳头发。"

"好啊！"骆七七一听此话，立即跳了起来，说道，"快去，不，等等，我也要换。"说完，她取下那件白色的晚礼服递给我。

"你是白色，我是黑色，我叫高贵的黑天鹅。"骆七七笑着说道。

"我叫骄傲的白天鹅。"我笑着接过衣服，走到骆七七的床边，将帘子拉了下来。

我看着手里材质柔软的晚礼服，心中一阵感动。这是我长这么大第一次穿这么好的衣服，而且还是和一个朋友一起，白天鹅有翅膀，是不是就可以飞到自己想去的地方？

我试好衣服，撩开帘子。骆七七已经穿好了，正背对着我，缓缓回头，我仿佛瞧见一个来自黑暗中的精灵，果然高贵到不行。

"真好看。"我由衷地赞美道。

"你也好美。"骆七七走过来，帮我理了理腰上的羽毛，抬头狡黠一笑，"做头发？"

"好啊！"我点头说道。

骆七七把我推到梳妆镜前，用木梳敲打着自己的脑袋，估计是在脑海里构思要给我盘一个怎样的发型。

一会儿之后，骆七七开始在我的头上动手，我仔细地瞧着她编织头发的熟练动作，问道："七七，你以前给谁编过头发吗？"

骆七七说道："也没有，我小的时候可是一个十分爱美的小公主，妈妈特别喜欢给我编头发，但是自从上了初中之后，他们就没怎么管过我了，现在又去国外工作，每个月给我打来生活费。我自己一个人生活特别无聊，就没了心思打理这些，干脆剪了个短发，就这样也挺好的。"

我第一次听骆七七说她小时候的事情，便问："那你妈妈多久没回来了？要是回来看见你和以前的甜美小公主不一样了，你怎么办啊？"

"管他呢？"骆七七哼道，"作为家长，没有照顾好自己的女儿，难道还怪我？反正回来他们要打要骂，随便。"

我笑道："我也是，妈妈在我很小的时候去世了，爸爸根本不会管我，只让我好好学习。我也是每天扎个马尾、穿着校服来回于学校和家之间，但我不想回到那个家，我不喜欢我的后妈，她跟我爸老是吵架。"

骆七七停下了手上的动作，我看着镜子里的自己变得模糊起来，继续说道："所以我特别羡慕你们，想做什么就做什么。虽然你爸爸妈妈在美国，你很多时候也会特别孤独，但是你有凌皓辰他们。我没有什么交心的朋友，每天晚上必须回到硝烟四起的家里，他们没有哪一天不争吵的。七七，你说，既然要吵架，当时为什么要选择在一起呢？"

　　骆七七俯下身抱着我，声音有些哽咽，说道："不许哭，谁哭，谁就是叛徒。"

　　我抹了抹眼泪，说道："我没哭。"

　　"这还差不多。"骆七七继续给我编头发，"你要记住，那些错误都与我们无关，我们只要过好自己的生活，不愧对自己就好了。"

　　骆七七在我的发尾扎上了皮筋，扶着我站起来，说道："美少女，快夸我吧。"

　　"夸你。"我朝她竖起了大拇指，看见她的眼里泪水涟涟。

　　"走吧。"骆七七朝我伸出手，我把手搭在她的手背上，俨然一幅小太监扶着老佛爷的画面。

　　但是在今天晚上，我跟骆七七都是孤傲的天鹅。

02

　　来参加晚会的人很多，许多人我都不认识，大家都戴着面具。会场摆了一长排餐桌，上面有各式各样的饮料、洋酒以及点心水果。在场的人穿着各式礼服，戴着花样百出的面具。

我不会跳华尔兹，没有参与到大众的队伍之中。我沿着餐桌走，尝着每一种可以下肚的食物，我太饿了。

"少女。"身后传来凌皓辰的声音，他打了一个响指，然后贴着我的后背，伸手把我脸上的面具取了下来。

我微微回头，正好对上他的目光。

我面色一红，他退了一步，朝我行了个礼："能请你跳支舞吗？"

我在犹豫："我不会。"

"没关系，我教你。"凌皓辰走过来，轻轻地握住我的手，另一只手揽住了我的腰。

我学着在电视剧里看到的情景，把另一只手搭在他的肩头。

穿着燕尾服的凌皓辰特别有气质，戴着黑色遮眼面具，显得颇为神秘和俊朗。

我跟着凌皓辰的步子，偶尔踩到了他的脚，他也丝毫不介意。

"对不起。"我有些窘迫地道歉。

凌皓辰笑道："我小时候连命都差点儿给你了，还在乎你踩我几脚吗？"

我一下子停下了动作，浑身如被电击。

凌皓辰看着我笑，眼里有几丝不易捕捉的神色。

"你……"我有些不知从何说起，只能怔怔地看着他。

凌皓辰继续带着我一起跳舞，在我耳边轻声哼唱着《外星传奇》的主题曲。我随着他的步伐，脸上浮现出了笑意。

时间像是一个齿轮，它转呀转，好像让我们回到了原点。奶奶，我的超人好像回来了。回来了，是不是就再也不会走了？

舞会结束的时候，我一个人偷偷跑到了楼顶欣赏夜色。

月亮很圆，不远处的灯火也格外璀璨。我很喜欢这样的夜晚，足够静谧，足够让人来想象那些日子里不敢想象的画面。

若是没有遇见凌皓辰，我是不是就不会遇见这么多人了？我是不是还同往日一般扎着马尾辫，抑制着内心对自由的渴望，没日没夜循环着早已枯燥的生活？

真恼人。

铁质的爬梯传来攀爬的声音，我侧过头，见是一身骑士装的穆少白。他见我坐在地上，走过来跟我坐在一起："想什么呢？"

我仰头看着月色，诚实地说道："想过去和现在。"

穆少白听闻，轻笑道："过去和现在有什么不同？"

我静默良久，开口道："现在的我很快乐。"

"快乐……"穆少白话里有话，说道，"你从枯燥转化为快乐，一定会失去些什么的。"

"我知道，我已经豁出去了。"我冷笑道。

穆少白见我如此回答，也没有再问什么。

半晌，凌皓辰三人带着水果和啤酒爬了上来。

"真不够意思。"杨言笑骂骂咧咧地跑到我和穆少白中间坐下，将手里沉甸甸的水果篮放在地上。

骆七七把酒摆好，也坐了下来，说道："刚刚人太多了，现在我们几个好好喝几杯。"说着，她率先给我递了瓶啤酒。

我刚要接，却被凌皓辰眼疾手快夺了过去。

"你急什么呀？"骆七七抱怨道。

凌皓辰开口道："青念不能喝。"

"没关系，我可以。"我不想扫骆七七的兴，又去拿一瓶。

"啧。"凌皓辰再次抢过去，指了指自己的小腹，眨眼示意我，"你不能喝，别不听话。"

我立即想到跟凌皓辰初次见面时的场景，瞬间恍然。他不会是记住了我来例假的时间吧？想到这里，我脸上变得火辣辣的。

骆七七不明就里，嚷道："干什么呢，凌皓辰？"

"我不让她喝！要让她喝……除非你们把我灌醉！"凌皓辰说完，得意地"哼"了一声。

骆七七气得说不出话来，灌醉凌皓辰？就算骆七七、穆少白、杨言笑三个人加起来，也喝不过凌皓辰啊。

我心里暗笑，却没来由地感动。

我抬头看着凌皓辰，他还在跟骆七七争执。那样细心保护着我的凌皓辰，真的就是当年把我从河里捞起来的外星球超人吗？是的吧，他们明明那么相像。

我站起身来，将他们抛在身后，俯瞰着这个陌生又熟悉的城市，天边掠过一架飞机，冲进了云后。

别开生面的舞会结束之后，我升入二年级，这表示凌皓辰他们几个就要毕业了。

虽然他们几个除了穆少白之外，众人皆当学习为业余，但毕竟毕业考还是要经历的，我也不忍心去打扰他们，更多的时候是一个人上学放学。他们升为毕业生，老师管得也更严了。

但是久久未见到他们，我忽然想念起来，想骆七七，想凌皓辰。我的心猛然被抽了一下，凌皓辰在我心里已经这么重要了啊。

教室外面的银杏树似乎又大了一圈，叶子碧绿碧绿的。步入九月，就快到秋天了吧？那个时候，这些树叶应该都枯黄了。

晚上在家里的时候，我翻来覆去睡不着，憋到11点，心里开始慌乱的时候，我想到了穆少白。想到他那天告诉我：你从枯燥转化为快乐，一定会失去些什么的。

想到这里，我给穆少白打了个电话。

"喂？"穆少白的声音有些沙哑。

"你睡着了？"我心里一惊，打扰他了。

"没有，只是在看练习题。"

我紧握着手机，轻声问道："我打扰到你了吗？要不你先做题，我先挂了，之后再说。"

"别。"穆少白急忙说道，"别挂，我头疼，陪我聊聊天吧。对了，你主动找我是有事吗？"

第三章 不是时光不会亏待人

我吐了口气，做了个深呼吸，开口道："我想起你在舞会上跟我说过的话，穆少白，我感觉……"我顿了顿，继续说道，"我好像对凌皓辰有不一样的感觉。"

对方沉默良久，没有说话。

"你怎么了？"我忐忑不安地问道。

"没事，你继续说。"穆少白的声音很平静。

我想了想，继续说道："我不知道你说的失去到底是什么，但我想，趁还没有失去，我先好好珍惜。"

我听见穆少白在那边吸了口气，似乎将手机拿开很远。

"挺好的，其实皓辰真的很优秀，况且他要是知道你喜欢他，肯定开心得不得了吧……"

"你先别告诉他。"我急忙说道。

穆少白轻笑了两声，柔声道："我明白，早点儿休息吧。"

"好。"

挂了电话之后，我安安分分地躺进被窝里。心事暂且放下，困意也姗姗来迟，让人心如小鹿乱撞的夜晚，再见了。

因为心思一直放在凌皓辰的身上，我丝毫没有注意到家里渐渐弥漫起来的烽火硝烟。一开始只知道纪明没有考上纪大海要求的学校，然后纪大海托关系找了一家职校，但是纪明根本就不想去职校。

纪大海在家里拽着鸡毛掸子，马文娟在一旁紧紧地抱着纪明。

"你干吗？你还想打纪明啊？孩子没考上好的学校已经很难过了。"马文娟盲目护子。

纪大海气得将鸡毛掸子扔在地上，在上面狠狠地踩了几脚，指着马文娟责备道："都是你太惯着你儿子！你要是对他严格一点儿，少让他出去乱混，他的成绩至于这么差吗？愚昧啊！愚昧的母亲！你能护着他一辈子吗？"

"我就是护着他一辈子了，这是我的儿子！"马文娟理直气壮地说道。

我对马文娟的世界观已经不抱有任何希望了，我放下书，说道："爸，您别跟她吵，她蛮不讲理。"

马文娟一听我说这话，立马来劲，言语中不乏尖酸刻薄："嘿，你这丫头片子，我是你长辈！你懂不懂礼貌？这几年书都白念了？"

我瞪了她一眼，说道："你是我爸的第二任妻子，我们在血缘上一点儿关系也没有，我为什么要对你这种人礼貌？"

"你……"马文娟气得眉毛一跳一跳的，立马把枪口对准纪大海，"好啊，纪大海，你看你教育的好女儿，你看看你引以为傲的好女儿！"

纪大海心里早就窝着一团火了，自从马文娟带着纪明来到我们家，纪大海对纪明和对我一样严格，只是因为一个是男孩一个是女孩，他的教育方式不同，但他是打心眼里把纪明当成自己的亲生儿子看待的。现如今纪明在他妈妈的"庇佑"下无法无天，没有一丝一毫的成长，纪大海自然格外生气。

"青念就是我引以为傲的女儿！纪明但凡有半点儿他姐姐的样子，考上一个好的学校，我就不至于为他操那么多心了！"纪大海骂完就坐在凳子上，大口地喘气。

马文娟就是一泼妇，不依不饶道："是吧？你就是嫌纪明没考上好的学校给你长脸。"

纪大海的拳头青筋暴起，他气得捂着胸口咳嗽起来。

我皱眉走过去，一把拽过纪明，训斥道："纪明，你就说你上不上爸爸给你找的学校？虽然制度跟别的学校不同，但是既能学到技能，又能学习知识。你说你去不去！不去就自己出去打工，别问家里要一分钱。"

"纪青念，这个家哪里轮到你来管了？"马文娟嚷嚷道。

"闭嘴！"我狠狠地瞪着她，"我敬你是我的长辈，才没有对你动手的！"

我从来都是对马文娟低眉顺眼，今日实在是心里有气，需要发泄。马文娟看着不同往日的我，似乎也不敢说下去了。

我的语气缓下来，看着神色有些害怕的纪明，说道："你放心，姐姐不会笑话你的，如果遇到谁笑话你，我一定不会放过他。"

纪明抬起头看着我。

"说话算话。"我朝纪明伸出手指头。

纪明忽然昂着头，不屑与我拉钩，说道："念就念，真是的，谁要你保护我了。"

闻言，我笑了。我回头看着纪大海，他的眉头也慢慢舒展开来了。

我不喜欢马文娟，但我很在意纪明，因为他在外面再怎么胡闹，再怎么闯祸，他始终都会愿意听我的话。

03

时间过去一个多月，黄金周结束之后，纪明的事情落实了。

我跟凌皓辰一干人也许久没联系，便趁着空余时间多多学习，但是我脑海里总会有意无意地想起凌皓辰，以至于上课的时候老走神。

"念儿。"莫艳艳在前桌推了推我的胳膊，说道，"谢老师要你把班上的练习册收去教导处，好像上面有人来检查了，想看看我们的作业完成得怎么样。"

我点点头，召唤了同学们收好练习册，然后往教导处走去。

"主任，这是我们班的作业。"我敲了敲打开的门。

"放那里吧。"主任随便指了个地方，然后抬起头见是我，又说道，"纪青念，你过来。"

我放下练习册，乖乖地走到他面前。主任语重心长地说道："纪同学啊，你知道，以你的成绩，日后前途光明，你不要让老师和家长失望。"

我知道主任的言外之意，便回答道："您放心吧，我会努力的。"

"那就好。"主任点点头，说道，"先去忙吧。"

"好。"

我退出教导处，走在过道上，思绪万千。

放心？原来我也可以脸不红心不跳地说出这两个安抚人心的字。

前途光明？到底是你们的期望，还是我自己的期望？我不过是想学习自己感兴趣的东西，活得自由自在罢了。

但是这样太难了，许多学生背负着老师和家长的期望，往脑海里不停地灌输课本上的字句，不能拥有自己自由的时间，无法做自己喜欢的事情。就像被关在笼子里的金丝雀，吃着主人送过来的食物，悲戚地哀鸣。

我曾经也是那只金丝雀，但主人的眼睛总是雪亮的，他能观察到金丝雀的精神。

我拿着测验的试卷，沉默了许久——这次比上次考的分数还要低。

莫艳艳看见我在发呆，伸出手在我的面前晃了晃，问道："念儿，你怎么了？"

我无力地放下试卷，手撑着额头，频频叹气。

莫艳艳把我的试卷抽过去看了看，说道："我就说你跟他们交朋友会影响成绩吧？你还不信。"

"这是我自己的事。"

我将试卷拿回来，夹在课本里，然后走出教室。

刚走出教室的时候，就被姜琳叫住了。

"念儿，班主任让你去办公室。"

"我知道，教训我嘛。"我双手揣进校服兜里，朝姜琳笑了笑。她疑惑地看着我，像是在思索什么。

思索我为什么变了吗？我才不会在意那么多。

进到办公室的时候，意外地发现凌皓辰也在。凌皓辰双手背在背后，侧头对我眨了眨眼睛，我方才阴暗的心情忽然变晴了。

我走过去，跟凌皓辰并肩站着："老师，您找我？"

"青念啊。"班主任亲切地叫着我的名字，说道，"来，过来一点儿，你这几天怎么了？是不是特别累？怎么这次考试……"

我在心里哂笑，说道："老师，可能是有一点儿累，上课老是不能集中精神，收不住思绪。"

"同学，你收不住思绪是在想谁吗？"凌皓辰在我身后幽幽地问道。

我忍不住想笑，班主任立马转变神色，厉声呵斥凌皓辰："凌皓辰，说什么话呢！还像个学生吗？闭嘴！"

凌皓辰不满地说道："老师，我刚刚不说话的时候，您说我态度不端正，我说话了，您又让我闭嘴。我到底该怎么做？"

班主任的眼镜滑下了鼻梁，疾言厉色道："你这么大个人了，能不能有个分寸啊？都是你们这群人把纪青念带坏了！"

"老师。"我冷冷地说道，"我和凌皓辰都犯错了，您为什么不教训我？再说了，我的脑袋长在我的身上，我成绩不好是我的事，关凌皓辰什么事？"

"你……"也许是没料到这番话会从我这个好学生的口中说出，班主任一时半会儿有点儿找不着北，他把怒火往肚子里咽，指着我们说道，"叫你们的家长来！立刻！马上！"

30分钟后，纪大海和管教凌皓辰的华叔来到办公室，跟班主任不停地道歉。班主任扬言要全校通报批评我们，纪大海在道完歉之后，低声吼道："我回去好好收拾你！"

于是，在这个烈日当空的周五下午3点，学校将所有师生召集在操场，杀鸡儆猴。

我站在人群中，纳闷地看着凌皓辰一个人站在台上。

班主任手里拿着话筒，指责凌皓辰。凌皓辰倒是习惯了这种场合，自顾自地欣赏着风景，偶尔跟低飞的小鸟开开玩笑。

"凌皓辰！"班主任吼得都破了音，"你这是什么态度啊？我告诉你，我现在给你记一大过，你以后走到哪里，都会背着这个污点！至于纪青念同学，因为认错态度极好，处以警告处分。凌皓辰，念检讨。"

这是什么情况？对我就仅仅是警告，凌皓辰不仅被记过还要念检讨，这不公平。

我想要上去说个清楚，却被莫艳艳拉住。莫艳艳死命地抱着我，说道："姑奶奶呀，忍着吧，你要上去，可能会给凌皓辰带来更大的处分。"

可是……可是这不是他的错。

我的心阵阵抽痛，明明是我心甘情愿去接近他们的，这跟凌皓辰并没有关系。

我鼻子一酸，凌皓辰在台上的身影越来越模糊，最后变成三重影。

我抹掉眼泪，凌皓辰的目光正投向我，我低头躲过，不想让他瞧见我这可笑的模样。

通报会很快结束，同学们该散的都散了，我站在原地不肯挪步。

"念儿，走啦。"莫艳艳拉着我的衣角。

"你先走吧。"我推开她的手。

我抬起头，寻找着凌皓辰的身影，他从台上跳下来，直奔我面前，皱眉问道："哭了？"

　　"没有。"我摇摇头。

　　凌皓辰的手穿过我的手心，紧紧握住，说道："跟我来。"

　　我就这样被他牵着，随着他的脚步一起奔跑。四周所有的景象都在后退，我仿佛看不到同学们惊讶的目光，我现在就像一只自由自在的小鸟。

　　我是开心的就够了。

　　凌皓辰把我带到学校最古老的那栋木质建筑下，指着一盆黄色的菊花让我看。

　　"什么意思？"我不解地问道。

　　"你现在就像这盆菊花。"凌皓辰说道。

　　我使劲地拍打着他，说道："你才是菊花呢！"

　　"我是说真的菊花啦！"凌皓辰连忙解释，然后看着我绯红的脸颊，大笑起来，"纪青念，你瞎想什么呢？哈哈哈，我是说你就像这盆菊花，开得正好，所以你放心地绽放，我来保护你。"

　　我撇嘴说道："什么破比喻。"

　　"将人比作花。"凌皓辰说道。

　　我承认，此刻我心里如蜜般甜。我想，我心里的某个角落不仅发了芽，还开了花。

　　此后，我与凌皓辰之间总有一种非常奇怪的感觉，我看着大街上彼此牵手的情侣，突然开始幻想那是我和凌皓辰了。

　　我在学校似乎并没有因为老师的警告而乖巧起来，我无论走到哪里，都会看见有人对我指指点点，然后低声窃语，说的就是我跟凌皓辰之间的传言。

　　传言说，纪青念在跟凌皓辰谈恋爱。

　　我置之不理。

　　一天放学之后，我走到半道上，总感觉有人在跟踪我。我走到一辆停着的轿车前，对着玻璃窗假装理头发，从后视镜里看见了一群社会青年模样的女生。

　　我故意拐进了一条胡同，等着她们过来。

　　看见她们在路口左右张望，我靠着墙壁，开口道："这里。"

　　听见声音的她们从外面走了进来，把我围住。领头的女生穿着黑夹克，耳垂上有一颗巨大的耳钉，酷酷地说道："在这里等死啊？"

　　"什么事？说吧。"跟骆七七混久了，我俨然有了她的架势。

　　耳钉女生轻蔑地说道："听说最近你跟凌皓辰走得挺近的？"

　　我直言道："你错了，不是最近，我们一直都挺近，而且关系很好。"

　　耳钉女生俨然没料到我会这般回答，也不跟我多言吓唬我，直截了当地命令道："你以后离他远点儿。"

　　"凭什么？"我挑眉问道。

　　耳钉女生瞪大了眼睛："凭什么？打了你，你才听话是吧？"

　　"哦。"我冷冷地应道，准备离开。

　　那群女生像四散的野马，立马将我堵住。

耳钉女生叼了支烟，走到我面前，一只手夹着烟，另外一只手正活动手掌，随时准备朝我呼过来。

"你们在干什么？"巷口忽然传来了骆七七的声音。

骆七七走过来，看着耳钉女生，说道："老朋友，好久不见，这是做什么？"

耳钉女生自豪地说道："帮朋友修理不要脸的女人，怎么？你要来试试吗？"

骆七七笑了两声，看着我，说道："这么白嫩的脸还真没打过，让我来。"

耳钉女生一副看好戏的样子退后了一步。骆七七活动着手腕，然后抡圆一挥，"啪"的一声清脆，落在了耳钉女生的脸上。

其他的人都感到不解，却又不敢上去帮忙。耳钉女生捂着脸，骂道："骆七七，你眼瞎啊？你打我干什么？"

骆七七转身站在我面前，说道："你们几个看清楚了，这个人是我的朋友。识趣的话立马给我滚，滚得越远越好，下次再来招惹她，可不只是甩耳光那么简单了。"

骆七七在道上还是挺有名气的，一般的小混混都不敢惹她。耳钉女生见招惹错了人，只能不甘心地逃走。

骆七七冷笑了一声："没出息！"

我用肩膀撞了一下骆七七，夸赞道："你挺厉害的嘛。"

骆七七昂起头，自夸道："那是，你也不出去打听打听我骆七七是谁，

你得感谢我，要不是我刚好路过这里，你这白嫩嫩的脸蛋就会被刮红了。"

我轻笑道："我会还手的。"

骆七七笑着搂着我，说道："好样的，不能随便被别人欺负。"

"你知道她们是谁吗？"我问道。

骆七七想了想，说道："不清楚，因为喜欢凌皓辰的人实在是太多了，指不定是谁看你不顺眼。不过你别害怕，我会保护你的。"说完，骆七七像个小大人一样拍了拍我的肩膀。

我"扑哧"一声笑了出来，收下骆七七的好意："谢了，骆大美女。"

"太客气了！走，请你去吃东西。"骆七七豪爽地拉着我就往外面跑。

"我要去吃烧烤。"我提议道。

"你好俗啊。"

"那又有什么关系？烧烤好吃，辣得够味！"

夕阳余晖照在56层的大厦玻璃墙上，街上回响着两个女生放肆的笑声。我和骆七七你追我赶地往烧烤的地方跑去，那是我曾经渴望莫及的事情。

而现在的我，就站在夕阳下，有人过来把这个牢笼打开了，他手里握着钥匙，就像救世主一样出现在我的面前。我刚刚踏出牢笼，需要被他们牵着保护着，我害怕他们一转身，我就再也找不到他们了。

如 果 你 只 是 单 纯 离 开

Chapter 04

第四章

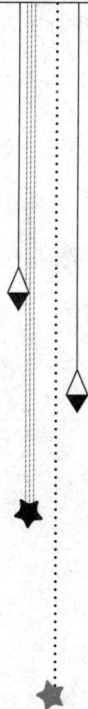

◈

　　海洋里的水在咕噜咕噜地冒泡，我们生活在大陆上，换一个环境就会死亡。所以，我宁愿就在自己的世界，守着自己的朋友和喜欢的人，这就足够了。可是不行啊，许多的天灾人祸预料不及，天地开始崩塌，我无处为家。

　　01

　　学校跟家里的情况是一样的，一波未平，一波又起。

　　我刚收完作业，从办公室出来的时候，忽然看到前面围了一个圈。我隐约听见了凌皓辰在跟校主任争执着什么，我跑过去，拨开人群，看见凌皓辰怒目圆睁地扑上去给了校主任一拳。

　　我吓了一大跳："凌皓辰！"

　　其他同学也吓得往后退了好几步。校主任捂着眼睛跌在地上，指着凌皓辰："你滚！学校已经开除你了！滚！"

　　"你以为我稀罕待在这破学校？"凌皓辰骂骂咧咧地把校服脱下来扔在了地上，然后大步离去。

　　"凌皓辰！"我叫着他的名字，但他没有停下来。

我不知道发生什么事了，可我真的很担心他。我也没顾得上校主任，追了上去。在操场上，我追上了凌皓辰。

"凌皓辰，你等等我，发生什么事了？"

"别跟着我！"凌皓辰停下来，侧过头怒吼道。

我不知所措地开口："我……我担心……"

"没完没了。"凌皓辰冷言相向。

我哽咽道："我担心你。"

"你别跟着我，别问了！你烦不烦啊？"凌皓辰转过身恼怒地吼道。

我看着他，不作声，眼泪在眼眶里强忍着不掉下来。

凌皓辰见我这副模样，没有再说下去，直接转身离开。

我没有追上去。是的，凌皓辰，你叫我闭嘴我就闭嘴，你叫我不追我就可以不追，我什么都可以听你的，但是在你不生气的时候，你回来好不好？

我可以等你。

此后的一段时间，我都在等着凌皓辰来找我。但是我似乎想错了，凌皓辰打了校主任，在学校里没听到他受惩罚，这是多么不正常的一件事。

我寻思着想去凌皓辰的教室看看，但是又怕他的心情还没恢复。

我懊恼地抱着头捶桌子，老师在讲台上对我无比关切："纪同学，你要是头痛的话，就去外面吹吹风好吗？"

"好啊。"我很快答道。

老师脸色一沉，说道："出去。"

我立即起身走出去，浑然不在意身后满教室奇异的目光。

出来罚站正好可以偷偷去凌皓辰的教室看看情况。我蹑手蹑脚地上楼，寻找到凌皓辰的班级，偷偷从窗户外面观察里面的情况。

凌皓辰根本不在教室。他怎么会不在教室呢？难道真的被退学了？

我心急如焚，趁着中午吃饭的时间，我打电话约了穆少白，可他不接我的电话。直觉告诉我一定发生了什么事情。

我跑到食堂，在一个角落里发现了正在吃饭的穆少白和杨言笑。

我端着饭走到他们面前，然后坐下。

杨言笑看着穆少白，打趣道："小姑娘有点儿阴魂不散。"

我开门见山地问道："凌皓辰呢？"

杨言笑说道："被退学了啊，啊——"紧接着，他痛呼了一声，瞪着穆少白，"你踩我的脚干什么？"

"多吃饭，少说话。"穆少白冷冷地说道。

杨言笑只能乖乖闭嘴。

我问穆少白："你什么意思？"

穆少白自然地吃饭，淡淡地答道："没什么意思，你就不要问那么多了。"

"这件事情跟我有关吗？"我好笑地问道。

穆少白没有回答我，杨言笑对我摇了摇头。

我从穆少白手里抽过筷子，"啪"的拍在桌上："那就告诉我，我很担心凌皓辰。你们到底是不是朋友？还是说从一开始你们四个就在一起，我这个临时加进去的人根本算不上你们的朋友？"

"不是，不是这样。"杨言笑打着圆场。

穆少白将餐盘推开，终于直视我："青念，你放弃吧。"

这是我听过的最好笑的笑话了，放弃？那天晚上穆少白在电话里可不是这么说的。

"出尔反尔，你有意思吗？"我冷静地看着穆少白。

穆少白神色微变，说道："我们都是为了你好，你因为我们成绩已经下滑很多了，而且老师跟你爸爸都……"

"我乐意。"我打断穆少白的话，一字一句地说道。

说完，我站起来，饭还没来得及吃就离开了。

操场的边缘上，我的脚步极快，心像是被沉甸甸的大石头压住，喘不过气来。

穆少白是好意，我为何生气？连我自己都不知道。

我越发没有心思学习，当一个人渐渐远去的时候，你才能掂量出他在你心里的位置。

晚上，我打开电视，调到体育频道，音量开到最大，然后百无聊赖地躺在沙发上翻阅着漫画书。

"纪青念，电视的音量开小一点儿。"马文娟在洗手间洗衣服。

我装作没听见，放下漫画书，玩起了手机。我一直在刷凌皓辰的朋友圈，一直在翻阅他的微博。他没有更新任何动态，连平时喜欢晒摩托车的动态都没有。

我叹了口气，又不敢找他聊天。

"啪！"电视机被关了，马文娟系着围裙，双手叉腰，像一只母老虎般盯着我。

我懒得理她，翻过身，闭上眼睛。

马文娟在我身后恨恨地说道："等你爸回来管教你。"

话音刚落，门锁就转动起来。纪大海打开门，换好鞋，走过来倒了杯水，问道："念念，你的作业做完了吗？"

我坐起来，抹了抹乱糟糟的头发，继续玩手机："没有。"

纪大海夺过我手里的手机，屏幕上正好是凌皓辰的照片。纪大海虽然古板，但他也是个聪明人，一下子就猜出了我的心思，说道："手机我没收了，去做作业，以后上学放学，我接送。"

"爸，我不是小孩子。"我不解地看着他。

"你先把你的成绩拉上去再说，否则就别想玩手机了。"纪大海严厉地说道。

我懒得跟他争执，抱着抱枕怒气冲冲地站起来，直奔我的卧室，然后重重地将门关上。门外传来马文娟的声音："看看你养的好女儿！"

我原以为纪大海只是说着玩，没想到他来真的，真的每天早上开车送我去学校。

我拗不过纪大海，也不想在众人面前与他发生不愉快，只能乖乖地上车，让纪大海送我去学校。但是久而久之，我已经麻木了，我觉得打开牢笼的那个人又将我锁进了牢笼里，我逃不出去。我很讶异，我很想逃脱。

我好想凌皓辰，好想骆七七。

02

今天放学后，我正好在校门口遇见骆七七，正想开口喊她，却发现纪大海在瞪着我。骆七七也发现了我和纪大海。

我说："爸，那是我朋友。"

纪大海说道："上车。"

我无奈，只好慢腾腾地往车上走去，趁纪大海不注意，我回头，用口型对骆七七说："救我……"

然后，我就被纪大海塞进了车里。

在车上，我问纪大海："爸，您这么接送我，不上班吗？"

纪大海很聪明，说道："送你回家后再上班，你别想着溜走。今天我加班，但是我会让你妈看着你，不让你踏出房门半步。"

我懒洋洋地躺在后座上，说道："我不走，我困死了。"

纪大海没有再说话，专心地开车。他把我送到家后，就去公司加班了，我没有给马文娟好脸色，饭也不想吃，直接跑进自己的卧室："我困了，要

休息。"

马文娟不管我，也乐得清闲，她才不会善意地来敲门，说："宝贝啊，出来吃饭啦。"我又不是纪明。

不知道骆七七有没有察觉到我在说什么，我无聊地按着台灯上的开关，开始幻想骆七七能驾着七彩祥云来营救我，到时候我一定得封她一个"彩云巾帼"的称号。

好俗气，我不禁笑起来。

天色渐黑的时候，困意缓缓袭来了。我时不时地打个哈欠，时不时地看一下时钟，终于坚持不了的时候，我打算去床上休息一下。

"咚……"有什么在敲我的窗户。

我好奇地走过去，掀开了窗帘。

"啊……"我惊呼道，窗户外的穆少白赶紧做了个"嘘声"的手势，天啊，这是三楼，他怎么上来的？

我走过去，把窗户打开，往下面张望。骆七七和杨言笑在下面抬头望着我，下面靠墙的地方紧贴着一架扶梯。

"走吧，带你去见凌皓辰。"穆少白说道。

我点点头，随即又想到了什么："等等。"

我跑到衣橱前，将那只一米多高的玩具熊塞进被子里，然后爬上窗台，穆少白先下了扶梯，我踩在空调外机上，先将窗帘放好，再将窗户关上。

我小心翼翼地踩着空调机，在穆少白的保护下，翻过阳台、空调机以及水管，踩到只有两层楼高的扶梯，跳了下去。

太刺激了，竟然有一种越狱的感觉。

骆七七拉着我说道："快走。"

我跟着骆七七他们上了公交车，车上只有我们几个人，刚坐下，我们几个就忍不住大笑起来。

骆七七边笑边说："念子被她爸爸管着的时候好可爱，哈哈哈，跟我说救命……还以为我没反应过来，真逗！"

"别笑啦！"我拍着骆七七的大腿，不好意思地说道，"我们接下来去哪里？"

"你不是想见凌皓辰吗？他就在八库村的河边。"骆七七回答道。

公交车到达八库村的时候，骆七七他们没有下车。

骆七七趴在车窗上看着我："念子，一定要好好的。"

我朝她挥手，公交车启动。

我往前走了几步，看见凌皓辰靠在他的摩托车上，神色哀伤。

"凌皓辰。"我走上前，不敢靠他太近，我怕他身上的伤未痊愈，一见到我，又得撕裂开来。

凌皓辰缓缓地将目光移到我身上，声音嘶哑地说道："你过来。"

我慢慢地走过去，站在他面前。我没发现凌皓辰已经这么高了，他轻叹了一口气，慢慢地垂下头，最后将头靠在我的肩膀上。

我的心一直怦怦直跳，我能感觉到凌皓辰的气息落在我的脖子上，痒痒

的，有些暧昧。

我伸出手，轻轻地拍着凌皓辰的肩膀。两个人沉默至此，谁都没有说一句话。

许久，凌皓辰抬起头，问道："你想去哪里？我骑车带你兜风吧。"

我微笑着说道："上立交桥，沿着三环线大道一直往前。"

凌皓辰取下头盔，扔给我一个，然后翻身骑上摩托车，说道："坐后面，抱着我。"

我乖乖地坐在凌皓辰的后面，心里有种异样的情愫。我慢慢地伸出手，思索了几秒钟，轻轻地扶着凌皓辰的腰。

凌皓辰开车开得很稳，一点儿也不急躁。上了立交桥后，晚风变得有些刺骨，这是秋天了啊。我慢慢靠前，双手环住凌皓辰的腰，抱着他，然后轻轻地贴在他的后背上。

凌皓辰的后背很温暖，温暖到让人想要入眠。

两侧的灯光一直往后退，我轻轻地蹭着凌皓辰的后背，感觉就像是与时间赛跑一样。

"凌皓辰，我们回去跟主任道个歉，回学校好不好？"我靠着他的后背，喃喃自语。

凌皓辰将车停靠在路边，没有说话。

我从车上下来，取下头盔，看着凌皓辰，问道："好吗？我……我习惯了有你。"

凌皓辰缓缓侧过头，怔怔地看着我。

我泪眼婆娑，说道："我想我离不开你了。若是你不在，我真的不知道自己该怎么办，我们回去好不好？"

凌皓辰沉默良久，忽然伸出手，将哭诉的我揽入怀中，生怕一不小心就会失去我。他搂着我，温柔地拍着我的脑袋，不说话。

我心里更难过了，扑进他的怀里。

我不要离开，我不想离开。

时光啊，你别走得太快，我想好好地陪着这个少年，这个身上有着我不知道的故事的少年。

凌皓辰终于开口，语气是从未有过的温柔，他笑着说："傻瓜，从在厕所外面碰见你的尴尬之后，我就想到了小时候遇见的小姑娘，我亲眼看见她去偷摘河边橘子树上的橘子，然后掉了下去。我当时不顾自己的危险，扑下去将她捞了起来，她吓得哇哇大哭，真是一个胆小鬼。"说到这里，凌皓辰还笑了两声，是对岁月温柔和现实残酷的无奈。

我抽泣着，委屈不已："所以，你早就认出我来了吗？"

凌皓辰笑道："当然了，就你傻，都忘了我。"

"我才没有。"我纠正道。

"好好好，没有，我们没有。"凌皓辰宠溺地拍着我的头。

那天晚上，我很晚才到家，凌皓辰把我送上屋子，在窗户下面跟我挥手，他说："再见。"

可是，说了再见，就一定会再见的啊。

不是说好了再见吗？

我第二天醒来的时候，去教室找凌皓辰，还是没看到他的人影。我给他打电话，停机；我帮他交了话费，不接。

"骗子！"我握着手机，狠狠地骂道。

不是说好了再见的吗？

说话不算话的都是骗子！

我再打电话给穆少白，穆少白有意无意地躲着我。我气愤之下，直奔穆少白的教室找到了他。

穆少白见我来势汹汹，先安抚我一番，然后将我拉到楼梯下，问道："你怎么了？我是真的不知道凌皓辰在哪里。"

"那你告诉我，凌皓辰之前到底发生了什么事，为什么要在学校打校主任？"我非要问个明白不可。

"就算你知道了，也没有任何解决的办法。"穆少白还不想告诉我。

我冷哼了一声，说道："好，你不告诉我，我就自己去找校主任。"说完，我转身就走，穆少白一把拉住我的胳膊，叹了口气。

他走了几步，双手放在栏杆上，问道："还记得华叔吗？"

"我知道。"我说道。

穆少白继续说道："华叔在当警官的时候，校主任的儿子犯了错误蹲大牢，他曾带着礼物和红包上门求过华叔，但是当时华叔不受贿，拒绝了校主任。后来，凌皓辰每次请家长的时候，都是华叔去的，华叔多次低声下气求校主任不要让凌皓辰退学，但是校主任不但不答应，反而还羞辱华叔。凌皓辰就是知道了这些事情，才去找校主任理论，情急之下动手打了人。"

"可这件事明明就是校主任的不是，他凭什么公报私仇？"

我愤愤不平。

穆少白讥笑道："你这样认为，他可不这样认为，好不容易有个机会报复华叔，他能不把握住吗？"

我听闻，心情久久不能平复，决定去找校主任。

"青念，你去哪里？"穆少白在我身后喊道。

我没有回答他，径直往教导处走去。我明白事情的轻重，不会傻到没有礼貌地闯进去。

我敲门进去的时候，校主任的眼角还贴着创可贴。

一见是我，他大概明白了我的来意，也不等我说话就开口了："是你啊，怎么？想为凌皓辰求情？"

"是。"我规规矩矩地站在校主任面前，"我想替凌皓辰求情，校主任，您一直对我们特别好，一定不会忍心就这样开除一个学生吧？"

校主任停下手里的工作，说道："别天真了，凌皓辰在外面和社会上的人打交道，在学校又不好好学习，还殴打老师，你认为学校还会留他吗？"

"可校训不是说不会放弃任何一个学生吗？凌皓辰家里的情况，您应该比任何人都清楚吧？"我急了，略显激动。

"你什么意思？"校主任的目光变得犀利起来。

"主任。"穆少白出现在门口。

"什么事？"校主任的态度有些不好。

穆少白走过去，手里捧着一叠文件："关于学生去生态农业公司实践的文件，需要您签个字。"说完，穆少白把文件放在桌上，手背在后面，示意我快走。

趁校主任看文件签字的时候，我转身离开了教导处。

回到教室之后，穆少白给我发来了短信："有我在，你放心吧。"

有他在，放心……

我不知道该相信谁，穆少白确实能让人安心。罢了，能与凌皓辰再见，自然就会再见吧。

我强迫自己不再去想凌皓辰的事情，渴望某天老天爷把他安排在我身边和我重逢，这样也好。

下午最后一节课，纪明跑到教室门口，大喊道："姐！"

我放下笔，跟老师说明情况，老师让我出去说话。

我一出去，纪明就抓住我的手，焦急地说道："妈妈被车撞伤了腿，现在在医院。给爸爸打了电话，爸爸来看了一眼，付了钱就又去上班了。"

我心里一阵烦闷，真是事事都扎堆了。

我跟老师请了假，让纪明先去医院等我。我跑去饭店买了有营养的汤，往医院赶过去。

马文娟躺在病床上，右腿上打着石膏。她见我来，有些意外。

我把汤放下，招呼着纪明："过来给你妈妈盛汤。"

"好。"纪明乖巧地按我说的做。

我走到病床边，帮马文娟把病床摇起来，问道："怎么弄的？"

马文娟有些不习惯我对她这样，略显别扭地说道："还不是出去买菜，回家的时候被一辆奥迪撞倒。你说那人有钱买奥迪，怎么就没本事下车送我来医院呢？灰溜溜地就开车走人了。"

我给马文娟掖好被子，说道："自己也不当心，是不是边走路边和阿姨们唠嗑，约打麻将的时间？"

像是被说中了一般，马文娟急眼了："不是，你怎么胳膊肘老往外拐？我虽然不是你的亲生母亲，但我好歹也是你爸的老婆吧？我受重伤在医院躺着，行动不便，你还说风凉话？"

"行，你是伤者，你是老大。"我看了一眼纪明，说道，"喂老大喝汤。"

纪明舀起一勺汤，说道："妈，来。"

马文娟喝了一口，夸道："乖。"然后她又侧过头问我，"没下毒吧？"

我说："砒霜三两。"

马文娟一边喝着纪明喂给她的汤，一边指着我，抽个空隙说道："白眼狼。"

马文娟是个病人，我倒是不介意她的话。我看着小腿上打着石膏的马文娟，提议道："我帮你捏捏大腿吧，促进一下血液循环。"

马文娟点了点头。

我捏着她的大腿，轻轻地揉着，问道："我爸是不是交完钱就走了啊？"

一说到这里，马文娟就极为不高兴，打开我的手，说道："你那老爸，还指望他来看我？得了吧，天天公司加班，除了你平时有点儿什么事才管你，他管过我和纪明吗？我的脚都伤成这个样子了，他都不请个假来看我，怎么当丈夫的啊。"

我沉默，没有争辩，马文娟说得也没错，这件事情上，纪大海做得的确欠妥。

我招呼着纪明："你好好照顾你妈，我去给爸爸打个电话。"

说完，我就往医院外面走去，马文娟还在指责着纪大海的各种不是。

我走到医院的楼道上，拨通了纪大海的电话，提示已关机。

我想了想，进病房通知了一声："纪明，你先在这里待着，我去一趟爸爸的公司。"

马文娟冷笑道："去公司找也没用。"

我没有回答，叮嘱了纪明之后，出了医院，拦了辆车。

"师傅，去恒星天安。"

15分钟后，出租车在恒星天安门口停下。我付了钱下车，直接走向保安室："请问纪经理在吗？"

保安抬头看了我一眼，说道："找纪经理啊？他在加班，二楼的总经办。"

"谢谢。"我道了谢，往二楼总经办走去。

公司的其他人早就下班了，只有纪大海的办公室里还亮着灯，门也是虚掩着。

我推门而入："爸。"

纪大海见是我，揉了揉眼睛，问道："你怎么来了？"

"我刚从马文娟那里过来，你怎么每天加班到这么晚？"

纪大海弯腰将脚下的电火炉转了一下，说道："快年底了，工作就更忙了。你放学就去医院了吗？作业呢？作业做了吗？"

我说："我最后一节课没上，作业也还没做。"

纪大海闻言，皱了皱眉，停下敲打键盘的动作，说道："那你来这里干什么？回家去做作业，你的功课本来就落下不少了，还到我这里来。我知道了，我有空就去看她，今天晚上我就留宿医院，你回家自己做饭吃，作业明天给我检查。"

纪大海直接将我要说的话堵住，好不容易有个时间谈谈心吧，可结果……

我从沙发上站起来："那我回去了。"

走到门口时，我回过头，说道："爸，元旦我回一趟老家，2号是奶奶的

祭日。"

纪大海答道:"对,我都把这件事忘了。你多买点儿东西给奶奶烧去,爸爸忙,就不去了。"

我没有再说话,离开了公司。

天色已经完全暗了下来,我心里一团乱麻,纠缠不休。这个家就是这样,若是我想往前跨一步,缩短彼此之间的距离,他们却要往后退一步,避开我。

为什么我想努力争取,却还给我拒绝与冷漠?

纪大海是,凌皓辰也是。

我路过一家小超市,看见他们门口的柜台上放着一部电话机,于是走过去说道:"老板,打个电话。"

我的口袋里一直装着凌皓辰的电话号码,现在攥得手心里快要出汗了。

我仿佛能感觉到他的温暖,他的心意,他的一切,却无法感知到他身在何处。

电话拨通后,响了七声,接通了。

凌皓辰那边很吵,像是在迪厅。

"喂,哪位?"凌皓辰扯着嗓门吼道。

我沉默了一会儿,刚想开口说话,却听见凌皓辰低声骂了句,然后挂了电话。

看来一切是我想得太多,他似乎过得很好。

我叹了口气，沿着马路一直走。耳边的汽笛声明明还听得见，却又感觉特别遥远，是那种不真实的遥远。

既然凌皓辰不想让我打扰他，那我不打扰便是。

03

第二天回到家，我做好了饭菜去医院看马文娟。马文娟拿着纪明的平板电脑在玩游戏，纪大海坐在旁边的沙发上，对着电脑，估计还在忙他未完成的工作。

"吃点儿饭吧。"我打开保温盒，将饭菜一一拿出来。

纪大海抬起头，问我："你的功课做完了吗？"

"做完了我才来的。"我给纪大海吃了一剂定心丸。

纪大海点点头，从西装兜里把我的手机掏出来，递给我，说道："手机先拿回去吧。过两天就是元旦了，你回老家给奶奶烧点儿纸。"

我点头，接过手机。

马文娟看着我们，又看向纪大海，提议道："大海，元旦放假陪儿子去游乐园吧。"

纪大海不耐烦地说道："这么大个人了，去什么游乐园啊？"

在旁边玩手机的纪明忙说道："那老爸，我不去游乐园了，我去游戏厅好不好？"

"不许去！"纪大海严厉道，"每天就知道玩游戏，你知不知道就是因

为你玩游戏，所以没考上好的学校？"

马文娟放下平板电脑，说道："纪大海，你莫名其妙发什么火啊？孩子放个假，玩个游戏怎么了？学习的时候你不允许别人放松，现在放假了你还不让人家玩，你法西斯啊？"

"马文娟，你还有力气吵啊？"我皱眉说道。

"你看吧。"马文娟偏过头去，坐在一边生闷气，"我就知道你们父女是一个鼻孔出气的，行，什么都是你们说了算，我做什么都是不对的。"

"爸爸偏心。"纪明不甘心地说道。

纪大海指着纪明，说道："我要是偏心的话，你这个小兔崽子的手机和平板电脑早被我收了，还能在这里嚣张地拿出来玩吗？"

"行了，别吵了。"我打断他们的话，转身走出去，"吃完了我再过来收拾。"

我想出去透透气，便在住院楼下的凉椅上坐着。现在已经入冬了，天气再这么冷下去，大概就要下雪了吧。

我朝掌心呼了口气，然后揉搓着双手，抬起头的瞬间，看见骆七七和杨言笑坐在不远处。

我心里一惊，连忙跑过去："七七！"

骆七七一见是我，朝我招了招手。我跑到他们面前，脸上露出一丝笑意："你们怎么在这里？"

骆七七用大拇指指向杨言笑："某个人不知道做了什么事，拉肚子拉到腿软，我大发善心带他来医院，看看会不会死人。"

一听骆七七说这话，杨言笑立马就不高兴了："我说你这乌鸦嘴，你就不能盼点儿好的吗？心怎么这么黑呢？"

"我心黑？"骆七七嚷道，"我心黑的话，就不会带你来医院了，到时候你就在马桶里死翘翘了。"

"噗……"我没能忍住，笑了起来。

骆七七看着我，幽幽地开口："能把念子逗笑，也算你功德圆满了。"说着，骆七七开始问我正事，"念子，你在这里做什么？"

"我后母的腿被车撞伤了。"

骆七七一听，立马站起来抓住我的手臂，问道："要不要去买烟花庆祝？"

我无奈地推开她，在一旁坐下："我现在在照顾她呢。"

"啊？你还照顾她？"骆七七像看一个智商为负的傻子一样看着我。

"我爸工作那么忙，纪明又不懂事，我不照顾谁照顾啊？"我玩弄着手指，心不在焉地回答。

杨言笑在一旁掏着鼻孔，说道："真蠢。"

"就是。"骆七七难得赞同他一次。

我低着头，不说话，半晌才开口问："七七，你知道凌皓辰最近去哪里了吗？"

骆七七说道："不知道啊，他也好久没联系我们了，不知道穆少白知不

知道。”

我叹了口气，起身说道：“我先去看看马文娟吧。”

说完，我挪步就走。

“念子。”骆七七在后面喊我，然后我听到她和杨言笑低语，“念子最近怎么了？”

“还能怎么？因为凌皓辰啊。”杨言笑说道。

我快步走到马文娟的病房，见他们已经吃完了，我边收拾边说：“爸，我就先回去了。”

“好。”纪大海头也不抬地说道。

我收拾好东西，回了家。

三天之后是元旦，学校放了三天假，我在12月31日晚上就在准备东西回老家，我打算在那里住到3号再回来。

回老家要坐3个小时的大巴，一路上我靠着窗户，把围巾围在头上睡觉。睡到深时，我的脚忽然一抽，如坠深渊般惊醒过来，心扑通直跳。

我缓了口气，望了望四周都在睡觉的乘客，还好没有惊醒他们。

我已经睡不着了，大巴很快就在B市停了下来。

我回到老家，里面陈设一如从前，我每个月会回来打扫一下，所以里面不算脏。我把东西全部带上，先去给奶奶上坟，但是当我到了奶奶的墓地时，却发现墓前有刚燃尽的灰烬。

“是谁来过？”我四下张望，没看见什么人啊。

老家四周已经没有邻居了，我们家也没有什么亲戚在这，谁会过来？

不过我倒是没有太在意，或许是谁好心，见奶奶这坟头孤单，烧了些纸吧。我将纸一片片扔进火堆，自言自语道："奶奶，您知道吗？小时候您跟我说，外星球超人会回来的，他现在回来了，可是青念好像觉得他变了。"

我沉默半晌，继续说道："奶奶，您知道吗？其实那个时候不是我救的外星球超人。是我想吃橘子，去摘的时候不小心掉进河里，然后他救了我，我怕回家被您说，于是撒了谎。奶奶，您不会怪我吧？"

火焰跳得很高，奶奶说，火焰跳得越高，代表死去的人越高兴。

我笑了笑，转身往回走，路过当年跟凌皓辰相遇的那条小河。当年的橘子树已经被砍得只剩下树桩了，小河里也堆满了垃圾。果然是物是人非，物都不一样了，我还期望着人会一样吗？

想到这里，我忽然听见一阵清脆的车铃声划破天际。

"凌皓辰！"我心里一惊，连忙回过头，路边的转弯处，一个穿着白色衬衫的少年骑着单车闪进了一边。

"凌皓辰！"我尖叫着追上去，追到转弯处的时候，少年和自行车都已经不见了踪影。

我心里涌上一股怒气，骂道："凌皓辰，你这个没良心的！臭不要脸！"

骂完之后，我胸口起伏着，望着隐在山林深处的路，气呼呼地回头。

"咔——"心里仿佛有什么东西断裂了，少年与自行车就在我的身后。

"凌皓辰……"我顿时泪眼模糊。

"傻子。"凌皓辰低骂了我一声，头一扬，"上车。"

我抹了抹眼泪，小跑过去，坐在车后座上。凌皓辰载着我，单脚在地上一蹬，自行车往前面开出好长一段距离。

我咧嘴轻笑，看着他的背影，心里思绪万千。

刺 痛 在 骨 肉 里 的 想 念

Chapter 05

第五章

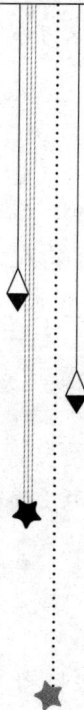

很多时候，我都在想一件事。你坐在干净光滑的木质地板上，看着月光透过薄薄的窗帘洒进来的时候，你一伸手，能不能握住月光？握不住的吧？就像岁月流沙一样。握不住的话，又何必强求呢？但是在这个世界上，偏偏就有那么多孤注一掷的人。

01

那天，凌皓辰将我送到家门口的时候，让我好好念书，等着一切好起来。就像小时候一样，他把我放在家门口，转身离开了。

这一次的相遇极像一场梦，我还来不及细细咀嚼，就醒来了。

我听着凌皓辰的话，开始用心去补落下的功课。

过完年的前七天，纪大海陪着马文娟和纪明去探望马文娟那边的亲人，我在家看家。一个人闲得无聊的时候，在超市里买了包瓜子，坐在沙发上，边嗑瓜子边看动画片。

看到一半的时候，忽然有人敲门。我穿上拖鞋，走到门边，从猫眼里往外面一看，发现是华叔。

我连忙打开门："华叔？"

华叔一脸紧张的样子，问我："那个……我可以进去说话吗？"

"啊，可以。"我连忙让华叔进来。

我给华叔倒了杯水，递给他："华叔，喝水。"

"谢谢。"华叔接过水杯，然后捧着水杯不动，紧紧地捧着。

我在他对面坐下来，问道："华叔，是不是凌皓辰出了什么事？"

华叔重重地叹了口气，喝了口水，将水杯放在桌上，说道："孩子，我想请你帮个忙。"

"您说，华叔，您不用跟我客气。"

华叔皱着眉头，一脸焦虑："小辰现在经常跟一个叫阿龙的人混在一起，那个叫阿龙的是个混社会的头头，都被抓进警局好多次了，小辰跟他在一起，我怕会出事啊。可是我这老头子的话，小辰不听，我实在没有其他的办法，只能……"说完，华叔看着我，一脸的乞求。

"您是想让我去劝说凌皓辰吧？"我平静地问道。

华叔很不好意思，低着头，叹气道："我知道很为难你，但是小辰只听你的话。你要是不帮他，他会误入歧途的。"

"我帮。"我一口答应下来。

华叔愣愣地看着我，眼里闪着泪光，他说："孩子，谢谢你。"

谢我干什么？我也很不想让凌皓辰变成这个样子。

送走华叔之后，我给穆少白打了电话。

我一边穿外套，一边逼问穆少白："凌皓辰在哪里？"

穆少白平静地说道："我不知道他在哪儿。"

"我知道你知道。"我打开门，像说绕口令一样笃定地说道。

穆少白叹了口气，劝说道："纪青念，我劝你不要去找他，你会后悔的。"

"我后不后悔是我的事，你只需要告诉我他在哪里。"我站在门口，面色冷漠，"穆少白，你是他最好的朋友。"

穆少白在电话那端沉默良久，然后缓缓道："他在后宫娱乐会所，包间207。"

"谢谢。"我挂了电话，关上门，往后宫娱乐会所赶去。

在街上跑着，行人不停地后退，我仰起头，发现天空中飘起了雪花，犹如轻盈的精灵一般。

后宫娱乐会所这种地方是高档消费场地，一般都是有钱有势、有头有脸的男人去的地方。凌皓辰在里面，想必是跟别人混在一起了，不然凭他的年龄，是进不去这种地方的。

所以，我这个年纪的女生也被拦在了门外。

服务员浓妆艳抹，不屑地说道："这里可不是小姑娘该来的地方，你还是走吧。"

"我找人。"我说道。

服务员低头看着我犹如企鹅一般的打扮，嗤笑道："找错地方了吧？"

我昂着头，一字一句地说道："207包间的阿龙。"

服务员立马变了脸色，尴尬地看着旁边的男服务员。

男服务员立马过来打圆场，对我点头哈腰道："原来是龙哥的人啊，哎呀，你看我们这眼神。来来来，美女，我来给你带路。你别生气，她是新来的，不懂事。"

我倒是没有理会他们的话，任由他们给我带路，七拐八拐地拐到了207包间前。

我说："你们都走吧。"

两个服务员立刻应道："是是是，有什么需要的尽管叫我们。"

待服务员走后，我径直推开门走了进去。

里面闹腾的音乐戛然而止，原本在包间里热舞的男女都齐刷刷地转过头看着我这边。我看见凌皓辰怀里躺着一个摩登女郎，一见我，那个女人抬起头，盯着看凌皓辰。

"妹子，走错地方了吧？"一个壮汉光着膀子，右臂上文着一条臧龙。这个人一定就是阿龙吧。

"我找人。"我说。

壮汉走过来，我下意识地退了一步，他笑着问道："找谁？"

"龙哥。"凌皓辰站起来，"她是我朋友。"

龙哥看着凌皓辰，又看了我一眼，哼笑一声："皓子的人。"说着，他又招呼众人，"继续玩，继续玩。"

凌皓辰穿过人群走过来，紧拽着我的手，将我拉出了包间。一路走到一楼的楼梯口，整个世界才变得安静下来。

"你来这里做什么？"他拽着我的手质问道。

"那你来这里做什么？"我挣开他的手，揉着被拽疼了的手腕。

凌皓辰的头转向另一边："不关你的事。"

"那我来这里也不关你的事。"我以其人之道还治其人之身。

"你……"凌皓辰瞪着我，气得一句话也说不出来。

我高傲地仰着头，气势不输他半分。

半晌，凌皓辰妥协了，他说："你离我远点儿好吗？我跟你在一起只会害了你。"

我一听，心里顿觉来气，问道："你凭什么觉得你跟我在一起只会害了我？"

凌皓辰皱着眉头，十分不悦："难道你没发现？你认识我之后，跟你爸爸的关系越来越不好，被学校警告过好几次，学习成绩直线下滑。我就是个害人精，我跟你在一起对你没有任何好处！"

"你凭什么这么笃定地认为？"我朝凌皓辰吼道。

该死的凌皓辰，总是这么自以为是，总是自认为给我的是最好的，却不明白我到底想要什么。凌皓辰看我直喘粗气，面色有些焦急，他几次想伸手，却又缓缓放下，"念，你走吧。"

"你跟我一起走。"我伸手拉着他。

凌皓辰无情地拨开我的手，说道："我们是不同世界的人，我希望你能好好念书，好好生活，好好地照顾自己。不要卷入社会，现在你还没有能力保护自己。"

我控制不住情绪般大喊："凌皓辰，你总说是为我好，可你有没有问过我的想法？你这样做，不觉得很过分吗？"

我心头苦涩，转过身，声音哽咽地说道："没有你在，我根本没有办法安心做任何一件事啊……你这样讲，真是一点儿都不负责任。"

心里很痛，就像被绞碎了般，不知所措。我伸出手，轻轻擦去眼角的泪水，声音细如流水："凌皓辰，如果你真的不想见我，没必要找这么好听的借口。如果你说你离开我可以活得很好，你不喜欢我，我可以离开你。"

"我活不好的。"身后传来凌皓辰疲惫的声音。

我心头一颤，指尖也一颤，刚刚擦干的眼泪瞬间又流了出来。凌皓辰慢慢地靠近我，从身后揽住我，在我耳边细细呢喃："离开你，我活不成的。念，你要知道，我没有别的办法，我只有看见你活在阳光下，我才会感到快乐，我好怕因为自己而伤害你，好怕因为自己而牵累你。你是那么美好，我不忍心破坏。所以，你记住，无论何时何地，在我心里，你都是无可取代的。"

我轻眨眼，眼泪泛滥成灾。

"你放心，总有一天，我会让自己成为配得上你的人。我们还这么年轻，对不对？"

凌皓辰靠着我的肩膀，热乎乎的眼泪淌在我的肩上，我轻轻握住凌皓辰的手，说道："永远，不要变成我不认识的凌皓辰。"

"好。"凌皓辰答应着，小指头紧紧地钩着我的小手指。

时光在刹那间静止，我的心也在那一刻泛起了永无止休的波澜。

我知道，我是需要他的，他也是需要我的。

02

开学的第一周，我在安排值日生的名单，忽然接到了一个电话。

"喂？"我用肩膀和耳朵夹着手机，誊写要贴在墙上的值日生表。

"纪青念？"对方是个女生。

我一愣，搁下手里的笔，说道："是我。"

"凌皓辰受伤住院了，一直喊着你的名字，你过来看看吧。"对方的声音听起来有些不开心。

"我马上来！"我来不及多想，根据对方提供的地址到了A市中心医院的311病房。

凌皓辰已经醒过来了，脸上有瘀青。旁边站着一个穿着白色风衣的女生，正斜着眼睛看着我。刚才那通电话想必是她打来的。

我走过，低头观察着凌皓辰的伤势，关切地询问："你是不是跟人打架了？"

凌皓辰拿开我的手，偏过头，极为不耐烦："问那么多干什么？"

又是这样！每次都说些甜言蜜语来哄人，转过头就翻脸不认人了。

白衣女生像看好戏一样看着我们，凌皓辰继续刚才未说完的话："磨磨叽叽的，真烦！"

"凌皓辰，你再说一遍！"我的脸色沉了下去。

"磨磨叽叽的，烦！"凌皓辰拍打了一下被子，不耐烦地说道。

白衣女生轻笑着，然后朝我挑眉道："我记得你，你是皓辰的追求者吧？上次在会所看见过你。我也是皓辰的追求者，我叫白浅。"

我没有回答她的话，而是继续问凌皓辰："你的伤怎么来的？"

凌皓辰显然不想回答我，假装睡着了，背对着我。

我走到另一边，不小心撞到了白浅，白浅抓住我的手腕，尖叫道："你没长眼啊？"

我甩开她的手，狠狠地说道："你闭嘴！"随即，我又问凌皓辰，"你是不是去打架了？回答我。"

凌皓辰再次转向另一边，避开了我的问题。

白浅冷笑着，挑衅地看着我："喂，没看见皓辰现在不想搭理你吗？要点儿脸的话，赶紧走吧，别在这里丢人现眼。"

我说道："不关你的事，你最好少插嘴。"

"吓唬谁呢？"白浅提高了音量，"难道就关你的事了？凌皓辰，这个女人不会就是你一直拒绝我的理由吧？但是看样子，你好像不太乐意搭理她。"

凌皓辰趴在床上，声音从被子下传出来："无不无聊，谁会喜欢这么愚蠢的女人？"

我冷哼，随即问道："不喜欢我的话，为什么睡着了会叫我的名字？"

白浅似乎也想起了这件事，问道："就是，你刚刚睡着了还叫着纪青念的名字呢，凌皓辰，你装得好啊！"

凌皓辰躲在被窝里，良久才慢慢坐起来，像看怪物一样看着我："你有病啊？"说着，他又一副吊儿郎当的模样，"是，她曾经是我的女人，做了个噩梦，梦见她了。纠缠不休的，吓死我了。"

"凌皓辰！"我怒火中烧。

"干吗？要嚷出去嚷，这里是医院。"凌皓辰不耐烦道。

我失笑道："你果然有本事，能把我耍得团团转，变脸比翻书还要快。"

凌皓辰默然，坐在一边不说话。

我的眼泪涌出眼眶，顺手抹去，忽然看见凌皓辰的手上有一个刺青。我揉了揉眼睛，方才看清，那是一个"念"字。

"念"字……

我不明白究竟有多深的情意，才能让凌皓辰在手臂上钻心刺骨般地烙上我的名字，我也不知道要有多大的勇气，才能让他宁愿自己受委屈，也要处心积虑地保护我。他宁可让我误会他。

我转过头看着白浅，她在阳台上点了支烟，笑意盈盈地看着我。

真虚假。

"如你所愿，姓凌的，我不会来打扰你了。"我留下这句话，转身离开了病房。

凌皓辰，你会明白我的吧？

我不是有意这般决绝，你会原谅我的，对吧？

街口的风好冷，可是明明已经入春了啊。

入春……

对，只有半年，他们就要高考了。

我抬头望着快要暗下来的天空，长长地呼了口气，往家里走去。

一天后，骆七七告诉我，凌皓辰要出院了。我同往日一般逃课离开，从围墙翻到外面，拍拍双手，正得意扬扬地往前走去，身后却猛地传来汽车鸣笛声。

我吓了一大跳，连忙回过头，发现是纪大海的车。

完了，我在心里默念。

纪大海将车开到我面前，摇下车窗，严肃地说道："纪青念，你不是应该在上课吗？怎么会在这里？"

我张口结舌，这个时候已经说不出任何谎言了。

"上车！"纪大海厉声道。

我只能乖乖地打开车门，坐在了副驾驶座上。纪大海给我系好安全带，然后瞪了我好几眼，这才慢悠悠地开车前进。

"逃课做什么？"纪大海问道。

"没有……"我低声说道，还想狡辩。

纪大海一个急刹车，我往前一倾，安全带紧紧地将我勒住。车停得不规范，后面的车按喇叭催促，纪大海继续开车，说道："不仅逃课，还学会了说谎！你说，你是不是打算去医院看凌皓辰那小子？"

"你怎么知道？"我情急之下道出了实话。

纪大海冷眼看我，说道："若不是纪明看见你去凌皓辰那小子的病房里看他，我到现在还被蒙在鼓里。"

纪明！

我居然忘了他，可是马文娟不在中心医院啊，纪明怎么会看见的？

"文娟过年回来腿病复发，我和纪明送她去中心医院检查了一下。要想人不知，除非己莫为。"纪大海冷冷道。

我请求道："爸，您就让我去一下吧，爸爸。"

"去什么去！"纪大海吼道，"多大的小屁孩啊？还给我整这些事！我告诉你，你要是想去看凌皓辰，你就别回家了，我就当没你这个女儿！"

"爸——"我失声喊道，委屈涌上心头。

小时候无论跟爸爸有多大的争吵，他都不会说出这种话来。可是现在，现在因为凌皓辰，他居然……

那是凌皓辰啊，是温暖过我的凌皓辰。

我哑着嗓音说道："爸，我要回家。"

"回什么家，去学校！"纪大海直接拒绝了我。

我抽了抽鼻子，转头看着窗外的风景，不再与他争辩。

行人匆匆，蓝色的天桥上，一个白衣女孩正扶着一个少年爬上天桥，他们的背影映在我的瞳孔里，异常疼痛。

后来趁纪大海多次加班，我偷偷去过凌皓辰常去的几个地方，都没有再找到他。

而纪大海的多次加班，也引爆了家里隐藏多年的火药。

纪大海已经不止一次喝醉回家了，马文娟瘸着腿一边照顾他一边骂他。

今天纪大海喝得尤其多，边发酒疯边把照顾他的马文娟搂在怀里，高呼道："来来来，再陪我喝一杯，跑什么啊？"

马文娟一下子将纪大海推到沙发上，眼睛里噙满眼泪，大吼道："纪大海！"

"干什么呢？"纪大海迷迷糊糊道。

马文娟声音颤抖地说道："你给我说实话，你每次喝这么晚回来，还天天发酒疯，你是不是在外面有人了？"

我停下手里的作业，望着他们，纪明在一旁愤怒地玩着游戏。

纪大海骂骂咧咧道："什么有人，你才有人！"

"没人你干吗回来这么晚？"马文娟哭道，"你不知道你有家庭有孩子吗？你的家重要，还是你的工作重要啊？"

纪大海从沙发上挣扎着站起来，指着马文娟，责备道："妇人之见！妇

人之见……"

马文娟一把抓住他的手，又将他推到沙发上："妇人之见……呵呵，没错，我就是个妇人，所以我希望的仅仅是我的丈夫能早点儿回家吃我做的饭，能陪我一起睡觉，一起带着孩子！不是整天没日没夜地工作，整夜不回家不顾家！"

"你烦不烦？"纪大海嚷道，"我不在外面工作，不累死累活的，你们吃什么穿什么！"

马文娟苦笑着说："我不求能跟着你大富大贵，我只求跟着你无怨无悔。我承认我这人很多缺点，尖酸刻薄，贪小便宜，对纪青念也没有对纪明好。可纪明是我的亲生儿子啊……我实在不愿意看到他像青念那样，被你管束得一点儿快乐也没有。纪大海，你对孩子的要求太高了，你知道吗？"

我眼眶一热，心里抽痛，纪明在一旁抹着眼泪不说话。

纪大海气得从沙发上蹦起来，把茶几上的茶具掀翻在地，吼道："是！我是不会照顾孩子，我不是个好爹！你满意了吧？"说着，他怒气冲冲地摔门就走，溅起来的茶杯碎片飞到马文娟的腿上，划出一条很长的口子。马文娟捂着脸，跌坐在沙发上不停地抽泣。

我走过去，将碎片全部扫进垃圾桶，然后拿出碘酒和创可贴来给马文娟处理伤口。

纪明安静地进入自己的卧室，关上门。这种战争经历过很多次，但是没有一次让我觉得这么心惊胆战。

我跟骆七七讲起这件事的时候，骆七七说："不如离了吧。"

我叹气，转移这个沉重的话题，对骆七七说："带我去刺青店吧。"

骆七七诧异地看着我，满口的薯片还没来得及咽下去。我一脸认真地看着她，她努力嚼碎所有薯片，点头说道："唔……好。"

骆七七把我带到了一条小巷子里，那里有一个刺青店，门面比较陈旧。

"遥哥。"骆七七一进去就打着招呼。

遥哥是一个三十来岁的男人，满脸堆笑地走出来："哎呀，稀客啊，七七，你什么时候来的？要刺青吗？"遥哥的目光落在我身上，朝我笑了笑。我对他点了点头。

骆七七跟我介绍："这是遥哥，我以前初混社会承蒙他的照顾，但现在已经金盆洗手了。"

遥哥被逗笑了，说道："你这小丫头。"

我礼貌地微笑："遥哥好。"

骆七七说："遥哥啊，给这个妹子弄个刺青。"说着，骆七七回头问我，"要刺什么？"

我平静地说道："一支玫瑰和凌皓辰的'辰'。"

骆七七若有所思地看着我，理解地揉着我的手臂，说道："行，都听你的。"

遥哥准备就绪，我看着那些令人胆战的工具，连忙抱着骆七七，才敢伸出手。骆七七一边紧紧搂着我，一边笑话我："胆小鬼。"

文身机仿若钻进了我的肉体，明明很疼痛，我却似乎很享受这种刺激的感觉。

我咬着下嘴唇，直到骆七七拍打着我的背，说道："好啦。"

我慢慢地睁开眼睛，看见遥哥笑着收起了文身机，给了我一面镜子。我看见镜子里瘦弱的胳膊上，清晰可见地印着一支玫瑰花，玫瑰花所指向之处是一个"辰"字。

"多少钱？"我抬头问遥哥。

遥哥笑着摇头："不收钱。"

我疑惑地看着骆七七，骆七七笑道："记住遥哥这个人情就好。"

我点头道谢："谢谢遥哥。"

"客气，就当交了个朋友。"遥哥特别喜欢笑，如果不是他肩上盘着一只刺青白虎，我还真看不出来他以前是混社会的。

半晌，骆七七接了个电话，挂了电话后，她神色严肃地抓住我的手："念子，怕不怕打架？"

我一愣，随即摇头："我不怕。"

骆七七点了点头，跟遥哥道完谢，拉着我就跑，边跑还边骂："不是冤家不聚头！还记得上次把凌皓辰打到医院里的那群人吗？凌皓辰又碰到那群人了，我们去帮忙。"

一听这话，我原本略有害怕的心情瞬间激昂起来，不为别的，就为能像骆七七这样，干一场说打就打的架。

还有，为了凌皓辰！

到达那里的时候，我看见有六七个人把凌皓辰、穆少白、杨言笑围在中间。

"哼，都赤手空拳啊，对不起了，姑奶奶可不当正人君子。"说完，骆七七在旁边捡了一根木棍扔给我，自己手里也拽了根木棍。我跟着骆七七，气势汹汹地走过去，然后以一种从未有过的默契，同时用木棍干倒了两个人。其他五人见状，正要扑上来，却被身后的凌皓辰他们擒住。

一时间，现场陷入了混乱之中。

拥挤之间，我忽然被一个人拉入怀里，他的手掌贴在我的头上，护着我脆弱的地方。而他却因为单手对架，防敌不行。

"凌皓辰，你先别管我。"我催促道。

但是凌皓辰显然不会听我的话，他将我搂进怀里，用自己的身体来承受对方的拳脚。

"凌皓辰……"我抬头对上凌皓辰闪亮的双眼，我曾说他的眼睛就像黑葡萄一样，特别好看。他看着我，嘴角挂着笑意，任由别人如何踢他，他也不会哼一声。

我刚想开口说话，却看见一个男人举着一个花瓶猛地砸了下来。

我惊呼一声，不知哪来的力量，将凌皓辰扑倒在地。花瓶落在我的头上，发出一声脆响。我的耳边响起嗡嗡之声，还有听不清的人声。

是谁在呼唤我吗？可我什么也听不清。头顶流下的液体湿热湿热的，顺

着我的头发往下流，一只手扶住我的头，不住地颤抖。

凌皓辰，你别害怕，我没事的。

我好想说话，却一个字都说不出来。我被人抱起，然后落在一个温暖的怀里，他在街上不停地奔跑，不停地呼喊，我听见他的心脏不停地跳动，似乎快要跳出来一般。

我好累，就让我睡一会儿吧，一会儿就好了……

我微笑着，缓缓地闭上眼睛。

03

待我醒来的时候，凌皓辰坐在床边，似乎几夜未合眼。他一看见我睁开眼睛，急忙凑过来，抿了抿干裂的嘴唇，咽了咽口水，累瘫一般倒在床上。

我渐渐清醒过来，发现头上缠着厚厚的纱布。我伸出手推了推身边的人，他抬起手，往下挥了挥，说道："休息一会儿，累。"

我笑道："活该……"

过了一会儿，凌皓辰慢慢地抬起头，看着我，眼睛湿润不已。

我问道："你哭了？"

他摇摇头，然后俯下身，慢慢地靠在我身上，紧紧地搂着我的肩膀。我轻轻地拍打着他的背，哄道："好了好了，我没事。"

凌皓辰抬起头，担忧道："我简直要被你吓死了。"

我笑着打趣道："这么担心我？"

凌皓辰诚实地点点头。

我故意说道："你还是不要担心我的好，毕竟我磨磨叽叽的，很烦。"

"不，我要。"凌皓辰无赖道。

我心里忍不住高兴，像吃了蜜一般甜："你是不是喜欢我？"

凌皓辰抿着嘴，睁大眼睛盯着我，然后点点头。

我笑道："我也是。"

凌皓辰敛了笑意，说道："可是青念，我毕竟已经跟你不一样了，我觉得……"

"不许说'可是'。"

我一着急，坐了起来。凌皓辰连忙拿着枕头，垫在我的身后，说道："好好好，不说'可是'，不说'可是'。"

凌皓辰无奈地看着我，然后问道："你要吃点儿什么吗？昏迷了一夜，而且我也饿了。"

我说："玉米粥，你可以先吃了再带给我。"

凌皓辰揉了揉我的头发，说道："我给你带上来，等我。"

我点点头，目送着他离开。

凌皓辰走后不久，骆七七、杨言笑、穆少白就带着鲜花和水果过来了。

我一见骆七七挽着杨言笑的手，没有太多惊讶，而是笑着问道："你们终于在一起了？"

骆七七指了指杨言笑，说道："这家伙昨晚拼了命保护我，所以我大发

慈悲，接受他的告白。"

我一偏头，看见杨言笑的手臂上负了伤，便笑着祝福："恭喜，好好照顾我们家的小辣椒啊。"

杨言笑朝我比了个"OK"的手势，表示没问题。

骆七七一边拿出苹果，一边跟我说："你爸爸那边，我让你们班那个姜琳给他打了电话，说在她家留宿，所以你不用担心被你爸爸知道。"

"谢谢。"

骆七七想得真周到。

穆少白坐在一边问我："青念，你的伤没什么大碍吧？"

"没有。"我摇摇头，至少我现在除了饿，没有什么不舒服的地方。

穆少白继续说："关于皓辰读书的事情，我怕他再在外面这么混，下一次可能就没这么幸运了。我让我父亲去跟校长求情，我父亲和校长是战友，能说上话。另一边，你能不能说服凌皓辰去读书？"

我一听，连忙掀开被子，跟穆少白对坐着，急切地说道："我能！"

话一出口，我的眼眶就湿了，想让凌皓辰回学校，是我一心挂念的事情啊。我声音哽咽道："少白，谢谢。"

穆少白笑得有些不自然，说道："应该的。"

我没注意到穆少白的不对劲，立刻跟骆七七分享喜悦。

身后的穆少白似乎成了一堵灰白色的墙，为我遮住身后的阳光，让我放心地去寻找前方的温暖。

凌皓辰来接我出院的时候，我旁敲侧击地说了学校的事情。凌皓辰一边给我穿鞋，一边问我："你是不是特别想让我回学校？"

我一听，猛地点头，却牵扯到了伤口，疼得龇牙咧嘴。

"哎……"凌皓辰连忙抱着我的头，轻轻吹着，说道，"好了，回去就回去，好不好？"

我心里一阵惊喜，抑制不住激动："真的？"

"真的。"凌皓辰刮了刮我的鼻子，然后转身拎起了我的东西。

我跟在凌皓辰身后，说道："我陪你一起去跟校主任道歉。"

"恭敬不如从命。"凌皓辰回答道。

走出医院的那一刻，阴霾的天空开始晴朗起来。马路边放着许多盆栽，全部开着各色小花。

当我跟凌皓辰一起出现在教导处的时候，我突然开始紧张起来。正当我要敲门的时候，凌皓辰却阻止了我，他抓住我的手，说道："让我一个人进去。"

我明白他的用意，点了点头。

凌皓辰进去之后，我心里开始担心他，偷偷把门开了一条缝，观察里面的情景。

"我不知道你们有什么本事说动了校长，但是别忘了，复学申请要在我这边办理和签字。"校主任靠在椅子上，眼神颇有几分轻蔑。

"对不起。"凌皓辰鞠躬道歉。

校主任冷笑一声，将烟掐灭在烟灰缸里，说道：“对不起有用吗？”

凌皓辰不反驳，依旧鞠躬道歉：“对不起。”

校主任的嘴角抽动着，手指在檀木办公桌上抓挠：“你就只会说‘对不起’？凌皓辰，这跟以前的你不一样啊。”

凌皓辰继续鞠躬道歉：“对不起。”

我身子轻颤，鼻尖泛酸。

“你有病吧？”校主任猛地一拍桌子，站起来说道，“要道歉，有本事就给我跪下！”

简直是欺人太甚！

我心里愤愤不平，正想进去与校主任争论，却看见凌皓辰背对着我，膝盖慢慢地弯了下去，最后默不作声地跪在校主任面前。

我捂着嘴，猛地站出来，背靠着墙壁，眼泪顺着脸颊滑下。

“有骨气！”里面传来校主任不屑的声音，“出去！”

一会儿，凌皓辰打开门走了出来。他侧头看着我，我的脸上还留着未干的泪痕。凌皓辰咧开嘴，微微一笑。

我微微歪着头，回以如同他一般温暖的微笑。

这就是凌皓辰，为了我放弃了自己所有骄傲的凌皓辰，叫我如何不心疼？

回到家的时候，我心里异常高兴，便主动帮着马文娟做饭。我往客厅看了一眼，问道：“纪明呢？”

"在房间。"马文娟淡淡地答道。

我连忙擦掉手上的水，打开纪明的房门，想找他聊天，却发现他蜷缩在床上，鞋子都没脱。

"纪明。"我有点儿担心。

"我不舒服，你关上门，出去吧。"他轻声说道。

我正欲言语，马文娟端着饭菜出现在我身后，没了往日的锐气："回房间吧，弟弟有点儿感冒。"说着，她第一次对我露出了微笑，即使很苍白。

"好的。"我点点头，乖乖地回到了自己的房间。

关上门后，我从床底下取出一张素描纸，拿出铅笔在上面涂涂画画。

我以后会和凌皓辰在同一家公司上班，我们的办公桌是面对面的，我一抬头就可以看见他。每天下班之后，给纪大海和马文娟买点儿水果，每个月给纪明一点儿零用钱，每个周末和骆七七出去逛街买好看的衣服，吃好吃的东西。哦，对了，每个月去穆少白家里拜访一下大恩人——他的父亲。

嗯，以后和凌皓辰结婚了的话，要买一套三室一厅的房子。我和凌皓辰一间，生个可爱的女儿，让她住一间，另一间是客房。每天上班之前我要给凌皓辰系领带，他吻过我之后就一起去公司，不在家的时候把女儿给纪大海照顾，免得纪大海孤单。下班回家，我先去菜市场买菜，然后回家给凌皓辰做一顿丰富的晚餐。

老了之后，我们还要手牵着手去爬山看枫叶。

画到这里的时候，我忍不住傻笑起来。

我起身将窗帘拉开，好一轮圆月。

一切都会好起来，一切都已经好起来了吧？

我靠着窗台，伸手触碰玻璃窗，对着窗外的圆月，用手指勾勒出了另一轮圆月。

我 们 最 终 会 南 辕 北 辙

Chapter 06

第六章

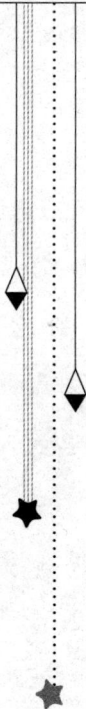

◆

我的窗前有一盆绿萝，它的生命力极其顽强，又极其脆弱。可是，人的生命不是这样的，有时候贱如草芥，有时候贵如珍宝。我不知道什么才是最重要的，直到有一天，我看见少女裙裾上溅起来的血，我才渐渐感到害怕。

01

凌皓辰回到学校后，没有再发生任何让人操心的事情。他安安静静地学习，偶尔在教室外的走廊上遇见，他都会晃着手上的书，对我咧嘴一笑。

三月底有一场考试，考试之前，骆七七给我发短信，说在学校门口的榕树下等我，考完了一起去逛街放松放松。

我刚交卷，就火急火燎地奔向学校门口，骆七七穿着棕色的百褶短裙，靠在榕树边上。

"嗨，念子。"骆七七远远地朝我挥手。

我跑过去，无奈地看着她，问道："逃了考试？"

骆七七朝我扬眉，桀骜一笑："无聊嘛。少女，要不要去吃烤串？火锅？买衣服？"

我笑着说道："什么时候学凌皓辰说话了？"

骆七七扔给我一个白眼，伸手挽住我的胳膊，跟我一起走："你心里想着谁，就看谁像谁，我不怪你。"

我转移话题道："那我们先去逛商场，再去吃火锅？"

"没问题。"骆七七打了个响指，朗声应道。

我跟着骆七七去了新世界百货，从楼底逛到楼顶，手里提着的购物袋已经超出了我们能提的重量范围。

我在路边找了张长椅坐下，然后脱了鞋，揉着自己的脚。

"累死我了。"骆七七哀号着坐在我旁边，脑袋靠在我的肩上。

"应该先吃了再买，我们还要提这么多东西去找火锅店。"我看着人来人往的街道，四下张望，并没有发现火锅店。

骆七七拿着手机，很快就搜到了附近的火锅店。她起身拽起我，说道："吃火锅就要去地道的店吃，那才够味！走！"

我有气无力地拎着购物袋，佝偻着背，就像一个老太婆一样被骆七七牵着走。

到一个红绿灯的时候，我跟骆七七正准备过马路。旁边一个大叔说着一口我听不懂的话，还拍了拍我的肩膀，问着我什么。

"啊？我听不懂……"我尴尬地看着他，"怎么了？"

那位大叔手脚并用，用生硬的普通话问我："请问到动物园怎么走？"

"坐604路，再转622路，坐三站就到了。"身边的骆七七忽然拉紧我的

手，头也不转，冷冷地说道。

我也不知道怎么走，只好尴尬地对着大叔笑。

大叔疑惑地问道："可我不知道在哪里坐604路公交车，小姑娘，你能带我去吗？第一次来这里旅游，我什么都不知道。"

我刚想回答，骆七七却一把拽住我，往人行道上走。

"这么大个人了，谁信？哼！"骆七七冷哼道。

身后的大叔小跑几步，在人行道上拽住我的手腕："小姑娘，你就帮帮我吧。"

"你要干什么？"骆七七一把打开大叔的手，恶狠狠地盯着他。

大叔做投降状，说道："你怎么这么凶？"

"你管得着吗？"骆七七叉着腰，狠狠地瞪着他。

一束在白天都能感觉到的强烈光芒投在我的身上，我下意识地偏过头。右方行驶过来一辆汽车，越来越快，丝毫没有要停的意思。

光芒落进我的眼中，我紧闭着双眼，顿时分不清方向，也看不清驾驶座上人的模样。

刹车声穿透我的耳膜，我被一个人推开，手掌擦过柏油路的疼痛感让我缓过神来，身后传来一阵沉闷的声响。

"砰——"

我的心跟着悬了起来。

我回过头，马路上出现了一条黑色的刹车印。骆七七棕色的裙摆挡住了我的视线，在空中画出了一道弧线。

"七七……"我伸出手，无力地抓向近在眼前的骆七七，她沉重地跌落在地上的声音把我从幻觉中拉了出来。

四下一片尖叫，我怔怔地爬起来，慢慢地走到人群围成的圈子里。骆七七躺在地上，身下是一片刺目的鲜血。

"快打120！"身边的围观者叫道。

我的视线一片模糊，仿佛看见血泊里的骆七七虚弱地睁开双眼，正对着我微笑。

"念子，你别怕，我骆七七福大命大，不会那么容易挂掉的。"

内心深处忽然有个人这么对我说，她的声音很遥远，仿若来自梦境，来自天外。

我安静地蹲在骆七七身边，拉着她沾满鲜血的手，轻声说道："七七，听说吃火锅要去老店才好吃。"

说完，我笑盈盈地看着紧闭双目的骆七七，眼泪大颗大颗地滚落下来。

我这才感到害怕起来。

救护车赶到的时候，我已经麻木了。跟着他们一起上了救护车，骆七七被送进了紧急抢救室。

我给杨言笑打了电话，杨言笑火急火燎地赶来，看着"抢救室"那三个夺目的红色大字，抓住我的肩膀质问我："你们不是出去逛街吗？怎么会发生意外？"

我一想到当时的情景，心里就涌起巨大的悲痛，我哭着说道："我不知道……七七是为了保护我才被车撞的，我也不知道那个看起来不像坏人的大叔会害我，我……"

"你蠢吗？"杨言笑一把推开我，我撞在墙上，四肢开始颤抖。

打我吧，骂我吧，这样我心里会好受很多。

杨言笑紧盯着抢救室的门，目光冷得可怕。他握着拳头，从牙缝里挤出几个字："若是被我知道是谁，我一定要他的命！"

抢救室的灯暗了下来，医生打开门出来了。

"医生。"杨言笑跑过去，抓住医生的胳膊，问道，"怎么样？她怎么样？"

医生皱眉问道："你们谁是伤者的家属？"

医生说是伤者，不是死者，还好。

"我，我是。"杨言笑说道，"我是她的男朋友。"

"男朋友不行。"医生说道，"让她爸妈过来签字吧，伤者的小腿需要马上截肢。"

"轰——"仿佛有一个炸弹在我头顶炸开。

"截……截肢？"杨言笑也被吓住了。

医生点点头："病人的右小腿完全坏了，需要截肢。"

我走过去，问杨言笑："七七的爸妈在国外，赶回来还需要一段时间，你知道七七还有什么家人吗？"

"我知道。"杨言笑想了想，让我照顾好骆七七，就急忙跑出了医院。

一个小时后，杨言笑带来了一个男人，说是骆七七的大舅。

他签完字后，有些遗憾地说道："我给她妈妈打过电话了，她妈妈正在买机票回来。她说，无论怎样，请先保住七七的性命。只可惜啊，这丫头，这丫头以后……"

我没有听他说完，我等在手术室门外等了整整三个小时。

"你先回去吧。"杨言笑坐在一旁，声音冷静得让人害怕。

"不行，我要等七七醒来。"

"你害她害得还不够吗？"杨言笑责备道，"你看看，从你认识我们之后，皓辰被退学，七七出车祸，你不觉得都是因为你吗？"

我无言以对。

他说得没错，如果不是认识了我，他们现在还是一群快活的伙伴吧，就不会有这么多烦心事了，也不会出现这么多意外了。

我茫然地点头，挪动步子。

走出医院后，我有些喘不过气来。骆七七小腿被截肢，都是我害的。她都是为了保护我，我这个害人精没有任何地方帮到他们，却让他们个个为我深陷意外。

两行泪水顺着脸颊滑落，我已经忘记了要怎样去呼吸。

02

放学后，我心系骆七七，跑到医院去偷偷看她。

我不敢进病房，不敢面对她，不敢面对杨言笑。

我走进病房的时候，里面传来了骆七七的大喊大叫。

我透过窗户往里张望，骆七七哭着把杨言笑给她买的水果、食物、鲜花，通通扔到地上。

她暴躁极了，像一头失去孩子的母狮子一样："你出去行吗？我不想让你看到我这样，你走吧！滚啊！"

杨言笑站在一旁不说话，任由骆七七把东西往他身上砸。

砸累了，骂够了，骆七七就抱着自己哭了起来。

杨言笑走过去，轻轻地搂着骆七七的肩膀。骆七七钻进他的怀里，放声痛哭起来。

"七七……"我的心像是被一只无形的手揪着，十分疼痛。

骆七七在医院里待了三天，她的爸爸妈妈才从国外赶回来。骆七七说，无论如何，请让爸爸妈妈带她出院。她爸妈怕影响女儿的心情，征得医生同意，将骆七七带回了家。

我在骆七七回家之后，带着水果到她家去看望她。

骆七七坐在轮椅上，抬头痴痴地看着天空。

"七七……"我将水果放进冰箱，轻轻呼唤着她。

骆七七没有回答我，望着天空，眼角不经意淌下了一滴眼泪。

我走过去，双手撑着膝盖，轻声问道："七七，我带来了你最喜欢吃的水果，我切给你吃好不好？"

"不要……"骆七七说道。

我搬了张凳子，坐到骆七七面前，说道："那我讲笑话给你听吧？"

骆七七眼眶红红的，说道："念子，我成了这个样子，是我的命，我不怪你。"

我的身体颤抖起来，眼里迅速蒙上一层水雾，我隐忍着，说道："说什么不怪我，明明就是我害了你啊！骆七七，你知不知道我有多自责？只要能让你站起来，让你高兴起来，你让我失去一切，我都愿意啊。"

骆七七轻轻一笑，颤声道："站不起来了，这一辈子都站不起来了。"

"七七。"我低头说道，"我知道自己问这句话很不要脸，但我还是想问，我们是不是一辈子的好朋友？"

骆七七终于偏过头看我，她微笑着，笑得很酸涩："在我心里，永远都是。"

"那好。"我靠着骆七七的肩膀，伸手握住她的手，说道："这样的话，我就可以陪你一辈子了……"

一辈子的时间不长也不短。

当晚回到家的时候，我在小区楼下遇见了穆少白。

他一见我，就急急忙忙跑了过来，开口就问："你去哪里了？我打你电

话都关机。"

我掏出手机一看，屏幕一片漆黑："没电了。"

穆少白说道："不管那么多，我是想告诉你，我知道害骆七七的幕后黑手是谁了。"

我一听，急忙问道："是谁？"

"白浅。"穆少白肯定地说道。

我联想到上次去医院看凌皓辰时遇见了白浅，皱眉分析道："你的意思是，白浅要害的人是我，却阴错阳差地害了七七？"

"没错。"穆少白点点头，"白浅很喜欢皓辰，但是皓辰肯为了你低声下气跟校主任道歉，返回学校，这就说明了你对皓辰的重要性。白浅得不到皓辰，自然把怒气撒在了你的身上。"

我说道："如果是这样，要是杨言笑知道了是因为……"

"这就是我担心的地方……"穆少白说道，"所以，我们不能把这件事告诉皓辰和杨言笑。"

"我明白了。"我问道，"那我们该怎么做？"

穆少白双手揣进裤兜，抬头看着夜空，嘴角一勾："约出白浅。"

第二天中午，穆少白带着我去了KIC咖啡厅。中途服务员过来递开水，不小心和从洗手间出来的我撞了个满怀，开水洒了我一身。

"嘶——"有点儿烫。

穆少白走过来，一只手搂住我的肩膀，另一只手抓住我的手腕，将我带回洗手间。

"你要小心一点儿。"穆少白话里有话。

我有些疑惑。

穆少白一边洗手，一边说道："白浅是个很聪明的人。"

收拾完狼狈的衣服，我跟穆少白重新坐回订好的位子上，刚坐下，白浅就身着黑色连衣裙、手拿大红色包过来了。

她优雅地在我们对面入座，笑着问道："约我出来做什么？我们可不熟。"

穆少白保持着绅士的微笑，说道："你跟我们不熟没有关系，不知道你跟车牌号'EA-XXXX'的奔驰熟不熟？"

白浅面色微变，随即笑道："你们说什么？我听不懂。"

"听不懂没关系，我们听得懂就好了。"我搅拌着咖啡，对白浅的装愣充傻感到可笑。

白浅微笑着注视我，话锋一转："纪青念？是叫这个名字吧？怎么？这么快就换了一个男朋友？"

我不惧，说道："比起这个，我应该跟你道个歉。"

"呃？"

我笑道："真的很抱歉，让你失望了，我现在这么健康，还没死呢。下次麻烦你找一个靠得住的人。"

白浅的脸色变得格外难看，她抓起包，狠狠地说道："我不知道你们在说什么，莫名其妙！"

说完，她起身从包里掏出几张人民币，拍在桌上："咖啡我请。"

说完，她就离开了。

"我要将她送进警局。"白浅刚走，我立刻说道。

穆少白抿了口咖啡，说道："现在证据还不够，我们得去搜集更多的证据。"

"你有什么办法吗？"我皱眉问道。

穆少白点点头。

"那一切听你的。"我说。

紧接着，我的手机铃声响了起来。

我接了电话，说道："凌皓辰。"

凌皓辰那边很吵："青念，你在干什么？"

"哦，我跟穆少……"

"嘘！"穆少白在旁边示意，我才回过神来。

"你跟穆少白……你们在一起？"凌皓辰好像往人少的地方跑了几步，问道。

"呃……嗯。"我无奈地答道。

"你们在一起干什么？"听凌皓辰的声音，他显然是不高兴了。

"我们……"我的大脑飞速运转着，"我们在半路遇到，打算一起去看骆七七。"

凌皓辰不满道："去看骆七七，你不叫我？我不是骆七七的朋友吗？"

"我……"我有些心虚，"你不是很忙吗？"

"让穆少白接电话。"

我点头，听话地把电话给了穆少白。穆少白接了电话，只说了一个"可以"。

"怎么了？"我问道。

穆少白偏过头，将手机递给我："让我到了骆七七家后，让骆七七听电话。"

"凌皓辰有毛病吧？"我心里略有不满。

穆少白收拾东西，起身说道："现在还是快点儿赶到七七家吧。"

我颇为无奈，只好跟着穆少白去了一趟骆七七家。

从骆七七出事之后，我的确很少关心凌皓辰，因为我实在没有多余的心思。骆七七为了我，差点儿连命都没有了，我不揪出凶手不甘心。

在学校上课的时候，我也心不在焉，老师好几次讲到什么地方我都不知道。

中午，我还在食堂吃饭，凌皓辰打电话过来了。他约我去学校后面的废弃体育场，能约在这种地方，我能料想到不会有好的事情发生，于是我事先给穆少白发了短信，才慢慢地往学校后面走去。

那一角晒不到太阳，比较阴冷。凌皓辰坐在观众席上，双手交叉放在膝

盖上，沉默不语。

我走过去，站在比他低一阶的地方，正好可以跟他平视。

我小心翼翼地问道："怎么了？"

凌皓辰抬起头，目光有些凛冽，他说："坐。"

我摇摇头，说道："不坐。"

"行。"凌皓辰的迁就让我的心脏跳得比平时更快，他重重地呼了口气，问我，"你有什么事情瞒着我？"

"没有啊。"我否认道。

凌皓辰笑道："对不起，我问错了，应该是，你跟穆少白有什么事情瞒着我？"

"我们之间没什么事情啊。"我疑惑道。

凌皓辰不可思议地看着我，然后站起来，左右徘徊，低头俯视我："纪青念，为什么我不问的时候你要瞒着我，我问了，你还是要瞒着我？我们之间能不能坦诚一点儿？"

"你想知道什么？"我预料事情不对劲。

凌皓辰从裤兜里掏出一个信封给我，我将信封里的东西倒出来一看，是我和穆少白在KIC咖啡厅的照片。

有我和穆少白坐在一起低头讨论事情的画面，有我跟服务员相撞之后，穆少白搂住我的肩膀带我去洗手间的画面。

我看完照片后，忍不住佩服白浅的手段，这简直就是跟演电视剧一样。

132

穆少白说得没错，白浅是个很聪明的人，但是手法太过拙劣了。

我问凌皓辰："这些照片是谁给你的？"

凌皓辰说道："有人塞到我抽屉里的。"

我笑道："我料想白浅也不敢亲自把照片给你。"

"白浅？"凌皓辰一脸疑惑，"关白浅什么事？"

我跟凌皓辰分析道："能把这些照片给你的人，只有两种，一种是希望你看清真相的人，但是这种人告诉你需要一个条件，那就是我跟穆少白真的有什么，但这种条件不成立，因为我跟穆少白之间关系清白。第二种人就是挑拨我们之间的关系，故意偷拍这些照片给你。"

"你说照片是白浅偷拍的？想要挑拨你我之间的关系？"凌皓辰问道。

我点点头。

凌皓辰说道："那你跟穆少白到底怎么了？你们这几天一直都瞒着我偷偷出去。"

事已至此，我瞒着凌皓辰对每个人都不利，于是说道："我跟穆少白在追查骆七七受伤的真相，我们怀疑是白浅想要加害于我，但是骆七七救了我，才致使她受伤。但是这件事情跟你有关，我们怕会影响你和杨言笑的友情，所以选择不告诉你。"

凌皓辰听闻，眉间略有怒意。他摊开手，半天才从牙缝里挤出话来："这么大的事，你们居然都瞒着我？"

"我们也没有办法。"我无奈地说道。

这个时候，穆少白赶了过来。他一见这种情景，心里也明白了我把一切都告诉凌皓辰了。

"皓辰。"穆少白不知从何说起。

"别叫我！"凌皓辰怒道。

我跟穆少白都不知道该说些什么，只好沉默。

凌皓辰气得不停地踱步，拳头握得"咯咯"作响："你们两个，合起伙来瞒着我是吧？穆少白，你到底够不够朋友！咱俩一起长大，有什么事不是一起承担的？你还信不过我？害怕我冲动做出什么事吗？还有你！"凌皓辰怒视着我，胸口一起一伏，想要开口训斥我，又于心不忍，只能叹道，"你也是，为什么连我也不能说实话？"

"对不起……"我不知道该说什么。

"皓辰，你冷静点儿。我们不说都是出于好意，我知道我跟青念瞒着你让你很不高兴，对不起。"穆少白也不知道该如何是好，只能道歉。

"行了。"凌皓辰不耐烦地说道，"别弄得像是我对不起你们。"

他从我手里夺过照片，撕了个粉碎，扬到空中，说道："你们两个，以后还当我是朋友，就不要单独去做这些事了，带上我，我们都是一起的。"

穆少白无奈一笑，说道："好。"

134

我笑着点头，刚要开口问我们接下来该怎么办，却忽然发现凌皓辰的目光落在我身后的球场上，表情凝住了。

我和穆少白齐齐回头，发现杨言笑站在球场上，正笑意盈盈地看着我们。我心里咯噔一下，完了，杨言笑听见了。

凌皓辰拦住我们，走下去，试探性地问道："阿笑，你怎么来了？"

"我不能来吗？"杨言笑轻笑一声。

"不是这个意思，我们在商量怎么去看七七呢。"凌皓辰略显尴尬。

"怎么去看七七？"杨言笑反问道，言语里颇具讽刺意味，"要看七七，去看就是了啊，还用得着商量怎么去看吗？你们又不是不知道七七家在哪里。"

"阿笑，你别这样。"凌皓辰的话还没说完，杨言笑的拳头已经挥了过去，狠狠地落在凌皓辰的嘴角。

凌皓辰被打倒在地，嘴角溢出了鲜血。

我一惊，连忙跑了下去。穆少白快我一步挡在凌皓辰的面前，杨言笑却什么也不管，什么也不顾，挥起一拳就落在了穆少白的脸上。

杨言笑红了眼，对着凌皓辰拳打脚踢，凌皓辰护着头，也不反抗，也不说话，默默地承受着。

"够了！"我跑过去拉住杨言笑的手，他一把挥开我的手，指着我的鼻子，不怀好意，"我告诉你，纪青念，我不打女人，你哪里凉快上哪里去，扫把星！"

我冷静地看着杨言笑，问道："骂完了？"

"怎么，你还想找骂是吧？"杨言笑冷笑道。

我扶起凌皓辰，对杨言笑说道："我不知道你有没有长脑子。事情发展

成这样，我们每个人都被别人用枪口指着脑袋前进，你不用心揪出幕后操作者，还在这里打自家人。"

"谁跟你是自家人？"杨言笑凑近我，好笑地说道，"纪青念，你这个罪魁祸首还好意思在这里充当正义使者？我告诉你，在我心里，没有人比骆七七重要，比起她，你们算得了什么？"

我的眼眶红红的，笑道："是啊，在我心里，比起骆七七，你又算得了什么？"

杨言笑一步步后退，像一个失去理智的人，边后退边指着我们，他说："纪青念，凌皓辰，穆少白……很好，你们很好！你们站着说话不腰疼，你们做什么都是对的，都是为了七七好，你们简直太可笑了！你们能赔七七一条腿吗？能吗？能赔上，我给你们擦十年的鞋！你们不能，你们赔不起！"

我低下头，眼泪顺着鼻尖滴落而下。

杨言笑说道："我没有你们这群朋友，我们之间完了！"

杨言笑的背影消失在树荫下，树上有小鸟飞过，带起了几片树叶，被风卷走。

我回过头，凌皓辰和穆少白垂着头，各自转身，背道而驰。

春末夏初的天，怎么忽然就凉了起来？

我伸手抱着胳膊，抬头透过树叶罅隙寻找天空的一丝光亮和温暖，可感觉不到，太冷了。

但是，让人感到冷的又岂止是这些事情？

03

　　我不知道自己多久没有顾及家里的事情了，每天晚上回家，我都累得直接进卧室睡觉了，突然觉得纪大海好久没有管我了，马文娟好久没有唠叨我了，纪明好久没有来烦扰我了。

　　我回到家里，家里也一片冷清，空气中还弥漫着一股浓烈的酒味。灰黑色的沙发上，纪大海躺在上面，满面通红，迷迷糊糊地喊着什么。

　　"爸。"我走过去，脚撞到两个酒瓶。

　　"您怎么喝这么多啊？"我俯下身，伸手探了探纪大海的额头，然后去厨房给他打水擦脸。

　　可一到厨房，我就惊呆了。吃完饭没洗的盘子堆积在水池里，上面还飞着几只苍蝇。我堵住鼻孔，转身闪了出来。

　　我的心里莫名其妙地慌张起来，我赶紧跑到纪大海的房间，里面都是零食袋。我打开衣柜，发现马文娟的衣服全部不见了，不仅仅是衣服，所有跟马文娟有关的东西都不见了。

　　我的头皮有些发麻，一开口，声音就变得颤抖："纪明！"

　　我跑到纪明的房间，里面空空如也。

　　"爸爸……"我小跑到纪大海身边，哭着问道，"马文娟和纪明呢？"

　　不要告诉我不好的消息，我求求您了。

　　我在心里默念着，祈祷着。

纪大海闭着眼睛，疲惫地说道："离了……走了……"

我的心仿佛一下子被抽空，慢慢地转身，机械地走进纪明的房间。

里面真的什么都没有了。纪明的笑容不停地在我的脑海里盘旋，就像放电影一样，我已经好久没有见到他了。我坐到纪明的书桌边，打开他的抽屉，看见里面躺着一个相框。

照片里的纪明戴着帽子，胳肢窝下夹着一个篮球，正痞痞地对着我笑。

我把相框拿起来，手指碰到相框后面夹着的字条。我打开来看，眼泪顿时涌了出来。

"姐姐，我们以后是不是再也见不到面了？爸爸妈妈老是吵架，他们离婚了。我看见你每天回来都直接进了房间，我以为你很累，不敢打扰你。姐姐，妈妈带我走了，可我不想走，我舍不得你，舍不得爸爸，舍不得这个家。你知道我有多不想长大吗？大人的心思真难懂。姐姐，你要慢点儿长大，你要照顾好爸爸，妈妈说我们再也不会回来了，可我还想着能有一天跟你见面。姐姐，我留了张照片给你，不管是5年还是10年，你要记住我的样子，记住我是你的弟弟，再见了。"

我终于失声痛哭起来，将纪明的照片紧紧地贴在胸口。

我的心好痛，像是被铁钩串起来了一样。

天知道我即使不喜欢马文娟，也希望他们不要走，还有纪明，这个平时调皮乖戾但内心格外细腻的小兔崽子。

竟然不知道拦下马文娟吗？明明不想走的。

我趴在桌上，月光透过窗棂落在我的身上，真的好苍凉。不完整的家，最终还是回归到了不完整，纪明、马文娟，这些出现在我的生命里扮演着或轻或重的角色的家人，仿佛一夜之间就消失在这个世界上了，一丝一毫的消息都不肯给我留下。

我不想承受这么多不该承受的。

我一个人静待多时，走出门，只见纪大海躺在沙发上抹眼泪。

我走过去，把纪大海垂在沙发下的双腿搬上沙发，重新打来了凉水，给他擦脸降温。我将地上的酒瓶子全部装进垃圾袋，然后守在纪大海身边。

客厅的灯没有打开，我坐在黑暗中，一夜无眠。

早上6点的时候，打瞌睡的我猛地惊醒，连忙俯下身，探了探纪大海的额头，已经不烫了，看来烧已经退了。

我去厨房将没有洗掉的碗盘全部收拾好，给纪大海泡了杯醒酒茶，再将屋子里里外外打扫了一番，就已经7点多了。我洗漱完后，走到纪大海身边，低声说道："爸，我去学校了。"

纪大海低声说了一句，转过头继续睡。我突然瞧见他的头上多了好多白发，忍不住哽咽起来。

他曾经可是这个家的一座大山啊。

我叹了口气，关上门走了。

因为一夜未睡，我抵不住倦意，在课堂上打了瞌睡。莫艳艳推了我的胳膊好几下，我清醒过来，又在10秒之内趴在了桌上。

"纪青念。"

我迷迷糊糊地听见有人在喊我，便贴着桌子呓语道："呃？"

"纪青念！"那人还在喊我。

我被某个人一推，立即站起来答道："我在！"

班上一阵哄笑，计算机老师站在讲台上，镜框后面的眼睛射出了犀利的光芒："没睡好？"

我老实回答道："没有。"

"那就站出去醒醒觉吧。"计算机老师说完，转身继续在黑板上写写画画。好温柔又有力的命令，我迷迷糊糊的，有点儿看不清路，自觉地站了出去。

今天天气比较凉爽，站出去也确实挺醒觉的。可是不过10分钟，我站着都打瞌睡了，没有意识地打瞌睡。

我很快就又见到周公了，他给我准备了一份香喷喷的烤翅，还有冰可乐。

"啪——"我的脑袋被猛地一敲，到手的可乐、鸡翅立马不见了，我有些恼怒，抬头瞪着眼前这个人，发现是凌皓辰，才嘟囔着继续睡，"你干吗？"

"你怎么了？怎么这么疲倦啊？昨天没睡觉吗？"凌皓辰站在我旁边，将手里的书卷成了筒状。

"昨天照顾我爸，照顾了一宿，一宿没合眼，早上还没吃饭。"我垂头丧气地说道。

马文娟跟纪明走了，离婚离得悄无声息——这句话我没说出口。

凌皓辰静静地听着，然后像变魔术一样从衣兜里拿出了一个小面包："给。"

我一看，立马接过来就吃。

凌皓辰问道："你要不要先睡一觉？"

"哪有时间睡啊。"我狼吞虎咽着。

"我可以给你制造时间。"凌皓辰看着我，勾唇一笑。

"怎么制造？"我问。

凌皓辰凑近我耳边低语了两句，然后将我推到门口。

"干什么？"计算机老师侧过头问我。

"我想……"我说道，"上厕所。"

班上的同学再次窃笑，计算机老师吼道："去！"

"是！"我连忙答应道，逃也似的赶到楼梯口。

凌皓辰拽紧我的手腕，将我带到了废弃的体育场，然后把校服脱下来铺在地上，说道："睡吧，你把自己的外套脱下来盖着，免得着凉。"

我听话地脱下外套，躺在了地上。

凌皓辰给我盖好衣服，然后轻轻地拍着我的后背，哄着我睡觉。这种殊荣，只有小时候妈妈给过我。

过了一会儿，凌皓辰低声问我："念，你睡着了吗？"

我没有睡着，但是我很累，没有回答他。

我感觉一个黑影渐渐靠近我，温热的气息在我的脸上盘旋。最后，气息扑打在我的唇边，我的嘴唇印上了凌皓辰温软的嘴唇。

我猛地睁开双眼，凌皓辰吓得立即移开，迅速转过身背对着我，看着书，口中振振有词："dangerous（危险），dangerous……"

我的脸烧红，露出不易察觉的笑容。

那个时候是我所能记起的最温柔的时光。

要 是 分 离 忽 然 成 永 远

Chapter 07

第七章

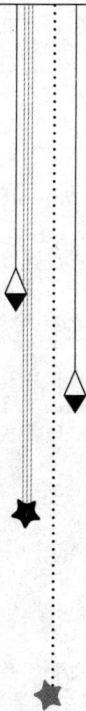

◆

我现在终于明白了，天下没有不散的筵席。你终有一天会跟朋友分开，你终有一天会被你最信任的人不信任，你终有一天会觉得自己浑身无力，活着都索然无味，但是，你又必须活着，苟且偷生一般。

01

我挑了周末的时候去骆七七家看望她。骆家父母给骆七七的小腿装了假肢，骆七七可以借助拐杖练习用假肢走路。

我抱着骆七七最喜欢的洋娃娃站在离她十米开外的地方，举着洋娃娃喊道："七七，你要走到我这个位置，我才把洋娃娃给你。"

骆七七笑着，笨拙地扶着拐杖朝我走来："小样，你等着。"

"你别走太快。"我连忙过去扶住骆七七，"医生说你练习的初级阶段只能一小步一小步慢慢挪动，走太快了脚会痛的。"

骆七七被我搀扶着坐到了轮椅上，她有些不甘心，却又话里有话地说道："念子，怎么这几天就你来看我啊？"

我猜到了骆七七的心思，问道："你是不是想问杨言笑？"

"嗯。"骆七七低着头，搓着双手说道，"有时候妈妈推我出去散心，我都会看见杨言笑搂着别人进出酒吧，念子，你说杨言笑是不是嫌弃我了？"

我为了宽慰骆七七，便骗她，说道："别瞎想，杨言笑为了照顾你，花了很多心思，他努力的方法跟别人不同，但都是为了你好。"

"可我情愿他多打电话给我。"

我很少看到骆七七这个样子，不安全，没自信。

我哄着骆七七，说道："要不要我陪你出去逛逛？"

骆七七抬起头，眼里闪着光芒："好！"

得到骆家父母的同意，我带着骆七七出去，在小区附近溜达。骆七七挂着拐杖，十分不方便，我小心翼翼地护在她的身后，走得很慢。

进电梯的时候，跟我们同乘一部电梯的是一位老奶奶和一个五六岁的小孩子。

那男孩一直看着骆七七，骆七七有些不好意思。

不一会儿，男孩突然对骆七七说道："姐姐，你的腿是不是打坏人的时候受伤了？"

我抢先答道："姐姐的腿是在救好朋友的时候受的伤，但是很快会好起来的。"

男孩一听，转身抱着他奶奶的腿，笑道："姐姐是大英雄啊！"然后，男孩围着骆七七转圈，一边转，一边发出奇怪的声音，"孙悟空，大显神

通，把姐姐的腿变好，变！好啦，姐姐，你的腿好啦。"

骆七七的眼眶湿湿的，电梯到达一楼的时候，男孩蹦跶着出去，回头挥了挥手："姐姐再见。"

骆七七对男孩点了点头。

"骆七七小姐，请问想去什么地方？"我恭敬地站在骆七七面前，鞠躬微笑。

骆七七做思考状，说道："我要先去喝一杯咖啡，然后在湖边散步，我要听纪青念给我讲笑话，扮老虎给我看。"

"小纪子遵命，老佛爷，你当心。"我点头哈腰地过去扶骆七七，骆七七被我逗得哈哈大笑。

走到一处咖啡厅的时候，我回头招呼骆七七："七七，进去喝，还是打包？"

"打包吧。"骆七七说道。

"好的，乖乖在下面等我啊。"我爬上石阶到咖啡店里去买咖啡。排了三分钟的队，花了一分钟买咖啡，出来的时候，骆七七就不见了踪影。

"七七！"我跑到骆七七刚刚站着的地方喊她，但是四下无人应答，她的腿不方便，能去哪里呢？

"七七！"我喊着，然后抓住路人问道，"不好意思，有没有看见一个挂着拐杖的女生啊？"

"没有。"路人连连对我摆手。

正当我不知该如何是好的时候，我忽然看见台阶上窜出来骆七七的身影。她惊慌失措的样子像是在逃跑，跑到台阶处的时候忽然丢开了拐杖，从台阶上滚下来。

骆七七整个身体犹如一块硬邦邦的石头，从上面滚落下来。

"七七！"我尖叫着冲上去，骆七七摔在我的脚边，小腿上满是鲜血。

当时出车祸的那个画面忽然在我眼前浮现，我蹲下去，嘶哑着声音呼救："求求你们，帮我打一下120……我求求你们……"

路人拥挤过来，帮我拨打了电话，我再一次陪着骆七七进了医院。

这样的事再来一次，我会崩溃的。

我看着昏迷的骆七七，问刚刚给她诊断的医生。医生对我说："没什么大碍，就是假肢错位了，伤口裂开，我需要重新安装她的假肢。"

我点点头，把医生送出了病房。

闻讯赶来的杨言笑、凌皓辰、穆少白看到这一幕，都傻了眼。杨言笑望着病床上昏迷的骆七七，一把拽住我的手腕，将我拽到医院楼梯口，逼问我："你说，到底怎么了？怎么又是跟你出去出事的？"

我解释道："我不知道，我就是去帮七七买咖啡，回来的时候没有看见她。不知道怎么回事，她出现在我买咖啡的地方，还从上面摔了下来。"

"不知道，你什么都不知道！"杨言笑推搡着我，凌皓辰在我身后及时护住了我。

杨言笑指着我的鼻子："你这个扫把星，要不是你做了什么，七七怎么

可能次次都会受这么重的伤？"

"我做了什么？"我感到好笑，这个杨言笑到现在还没发现问题究竟出在谁身上吗？我笑道，"是，我是个扫把星。杨言笑，你就不想知道七七为什么要出去散心吗？你自己做了些什么让七七难过，你心里清楚！"

"我做了什么？"杨言笑一副不肯罢休的样子，手一挥，"凌皓辰，穆少白，你们闪远一点儿！"

我说道："你还是检讨一下自己吧，每天跟不三不四的女人进出酒吧，你知不知道七七有多伤心？"

杨言笑听闻，瞪大了眼睛，脚往前面一蹬："我进出酒吧是为了给七七赚钱治腿！你是不是跟七七乱说什么了？你是不是说了我的不是，让七七难过了？"

我惊讶地看着眼前这个人，不可思议地说道："杨言笑，你有病吧？"

"是，我有病。"杨言笑说道，"我要去跟七七解释清楚，让她不要相信你。"

我一把抓住杨言笑的手，说道："你现在不能进去，她在休息，需要安静。"

"你管那么多干什么！"

杨言笑一把推开我，我没站稳，朝楼梯下坠去。

凌皓辰和穆少白尖叫起来，我的眼前一团黑，身体被楼梯硌得生疼，直到我重重地撞到墙上，腿间传来剧烈的疼痛，我才明白了骆七七的感受。

"青念！"凌皓辰从楼梯上狂奔下来，将我慢慢扶起，"你怎么样？没事吧？"

我忍着痛，轻声说道："没事。"

穆少白揪着杨言笑的领口，狠狠地揍了几拳，杨言笑被揍趴在地，还在不停地笑着。

穆少白第一次发那么大的火，他冷冷地说道："杨言笑，你简直疯了，你还有没有点儿理智？"

"理智？哈哈哈……"杨言笑讽刺地嘲笑道。

穆少白目光冷峻，说道："笑什么！"

"笑你可怜啊。"杨言笑表情扭曲，与我们所认识的他完全不一样，"你不可怜吗？你在这里正气凛然地教训我，你自己呢？你自己就是一个懦夫。穆少白，你当守护天使守着纪青念？我告诉你，没用！她现在就躺在别人的怀里，你暗恋纪青念这么久居然都不敢说出口，哈哈，真是没用，丢脸！"

我能感觉凌皓辰扶着我的手加重了力道，我的心也为之一颤。

穆少白喜欢我？

穆少白活动了一下手指，又是一拳把杨言笑打趴下。杨言笑像是疯了般笑着站起来，说道："打得好，打断了咱们兄弟之间的情谊，打得真是好！"

"咱们兄弟之间的情谊早就断了。"穆少白显然不吃杨言笑这一套。

我的腿上猛地袭来一阵疼痛，痛得我"嘶"了一声。凌皓辰将我抱起来："先去看医生。"

说完，他抱着我，爬上楼梯，张口喊着医生。

路过穆少白身边，他侧身对着我，眼角余光与我相对的一刹那，我竟然不知所措起来。

我忽然悲哀地想，我们所有人的友情是不是快要走到尽头了？可是这场筵席还没完，我不想离开，一点儿也不想。

医生替我诊断了一下，说我的脚只是扭伤了，暂时没有办法走路，要等脚腕的红肿消了之后才能走路。

凌皓辰坐在我旁边，皱眉道："又多了一个伤患。"

"嫌弃我啊？"我没好气地问道。

"哪敢。"凌皓辰说道，"要是我嫌弃你的话，还不得被别人钻了空子？"

我知道凌皓辰的话中之意，忍不住问道："吃醋了？"

"吃你。"凌皓辰瞪了我一眼。

我故意白他一眼，然后靠在枕头上休息。突然，我看见病房的玻璃窗外闪过蓝色衬衫的一角。

穆少白……

他不进来看我，是不是代表跟我之间有隔阂了？

感情这种东西真恼人。

我对凌皓辰说："凌皓辰，我给我爸打电话，让他来照顾我，你先回去吧。"

"我不。"凌皓辰拒绝道。

我说："我爸爸来了的话，会拿着凳子把你轰出去的。"

凌皓辰有点儿为难。

我说："我爸爸来了的话，会把你们都轰出去的。"

凌皓辰拽着我的手，强制性地跟我拉钩，说："不准让穆少白单独来看你。"

我就知道！

我应道："好，我答应你。"

我再三保证之后，凌皓辰才放心地离开了。我赶紧给纪大海打电话，小心翼翼地告诉了他我受伤的事。出奇的是，纪大海并没责备我，而是答应我说会立即过来看我。

挂了电话后，我因为脚上了药的缘故，很快就困了起来。

02

等我醒来的时候，纪大海正坐在一旁打瞌睡。

"爸。"我喊了他一声，慢慢地坐起来。

纪大海一下子就醒了，见我已经醒了过来，忙跑到柜子旁打开保温瓶，问道："醒了？饿了吧？我给你熬了点儿汤，玉米排骨汤，对身体好。"

我诧异道："爸，您还会熬汤啊？"

纪大海尴尬地给我盛了一碗汤，说道："这不还要照顾你的身体吗？我得学着熬汤做菜，来，尝尝。"

我点点头，正准备伸手去接，纪大海忽然缩回手，说道："还是我喂你吧。"

我一脸哀怨，说道："爸，我又不是小孩。"

"可你是病人。"纪大海的理由有理有据，他舀起一勺汤，在嘴边吹了吹，递到我的嘴边，"来，喝。"

我一口咬住勺子，将浓汤灌进喉咙，称赞道："纪大厨，味道不错，有前途。"

纪大海尴尬一笑，说道："别挖苦你老爸了。"

我笑着看着眼前这个细心的男人，说道："爸爸，您变了。"

纪大海低着头，就像一个小孩子在求证对错一样，问道："变成什么样了？"

"变得……慈爱，有人情味了。"我认真地说道。

纪大海放下手里的碗，叹道："以前是爸爸不够好，对家里顾得太少，所以你后妈才会离开我们。"

我看着眼前这个男人，再想到那天夜里他喝醉酒生出来的白发，轻声说道："爸爸，我永远都不会离开您的。"

纪大海抬起头，眼里噙着泪水。

在医院休息了两天，吃了纪大海送来的许多补品，我也能下床一瘸一拐地走路了。我的病房离骆七七的病房不远，正好闲着没事可以串串门。

我像个老年人一样颤巍巍地走到骆七七的病房门口，敲了敲门。

"谁啊？"她在里面问道。

我回答道："病友。"

"进来。"

经得同意，我打开门走了进去，骆七七坐在床头削着苹果，头也不抬地说道："欢迎加入瘸腿行列，我是你的老板骆七七。"

我坐在骆七七旁边，凑近说道："啊……"

骆七七无奈地削了一大块苹果塞进我的嘴里，我嚼了嚼，说道："真甜。"

骆七七往下一瞥，看着我的腿，问道："什么时候能痊愈？"

我说道："半个月。"

骆七七坐直身体，说道："我帮你骂过杨言笑了。"

一听骆七七这么说，我就知道她心里怕我介意。

我说："七七，杨言笑做得过分，都是因为你。我不会为了他而对你有什么不满的，因为比起杨言笑，我更在意的是你。他爱怎样就怎样，我不关心。"

骆七七见我不在意，这才松了口气，但是她的神色依旧很沉重。

我握住骆七七的手，问道："七七，昨天你到底怎么了？突然从石阶上

掉下来，你知不知道我当时吓得心都快跳出来了。"

骆七七抬头望着天花板，说道："你发现了吗？在咖啡店的旁边有一个舞蹈培训班。"

"嗯？"我有点儿不明白骆七七的话。

骆七七继续说，像是在向往一件遥不可及的事情一样："我从小的梦想就是当一个优秀的舞蹈家，穿着漂亮的裙子在聚光灯下跳舞，多美啊。虽然剪了短发后，这种梦想被扼杀了，但我只是不愿意去承认罢了。念子，你不知道，很多时候我都会偷偷地在家里练习。"

我沉默不语。

骆七七低着头，笑着说道："除了成为一个优秀的舞蹈家，我还希望以后能过着平静有趣的生活，有一个相伴一生的恋人，生一个可爱的女儿。我要带着我的爱人和女儿去吃遍全球最好吃的东西，去很多地方旅游、合影留念，这样等我们老了的时候，再回过头来看，多有意义啊。"

骆七七的眼神暗了下去："可现在，一切都没了。"

"怎么会？"我隐忍着，按住骆七七的手，说道，"你想去什么地方，我陪你去，你想做什么，我都可以陪你。"

"念子。"骆七七轻轻推开我的手，说道，"我爸妈要带我去美国了。"

我心里一惊，不敢继续问。

"就在后天，快吧？"骆七七像是在笑，又像是在哭，神情很复杂。

"我去上个洗手间。"我装作平静的样子缓缓起身，关上门，背对着墙壁，大口地呼吸。

我透过门窗往里面看去，骆七七垂着头，亮晶晶的液体滴落在她的手上。

我疾步往洗手间跑去，顾不得腿上的疼痛。到了洗手台前，我打开水龙头，不住地往自己的脸上抹水，想要隐藏眼里的泪水。

可当我抬头看着镜子里的自己时，才猛然发现，无论怎么隐藏，眼眶都红肿得不行。有些细节抹不掉，有些回忆忘不了。

等骆七七出国的那一天，我大清早就收拾好自己，想跟她来一场最后的告别。可是当我到了骆七七的家里时，无论怎么按门铃，都没有人来开门。

听见声响的邻居打开门问我："你找这家人？"

我点点头。

邻居诧异地问道："你不知道他们出国了吗？"

出国？怎么这么早？

我一听，顾不上继续问什么，疯狂地跑出小区，拦了辆车就直奔机场。

骆七七也真是的，不是说中午12点的飞机吗？怎么现在就走了？

在出租车上，我的手机短信铃声忽然响了起来。我拿起来一看，瞬间觉得世界快要崩溃了。

第一次那么伤感，是看到纪明离开的时候给我留的言。

第七章 要是分离忽然成永远

这一次是骆七七。

"念子，很抱歉我骗了你，现在我已经在美国了，我是昨天中午12点的飞机。原谅我，我怕你来送行，我一定会哭到不能自已的。念子，不要想我，也不要像我，你一定要幸福，要快乐。我跟杨言笑已经分手了，我的幸福就此终结，不要为我惋惜，要恭喜我，我新的人生从此开始啦。念子，你千万要记住，我骆七七从来没有责怪过你，认识你是我这些年来最幸运的一件事。"

我手里拿着手机，久久未回复她。眼泪在我脸上成串成串地掉落，我心里未曾遗憾，只是难过，因为正如骆七七一样，认识她也是我这些年来最幸运的一件事。

"要快乐。"我自言自语道。

司机对我说："小姑娘，机场到了。"

"不用了，师傅，掉头，回家。"我望着车窗外高大的候机厅，如是说道。

03

从此以后，我的生活里少了骆七七，再次变得孤单起来。

经历这么多事情之后，我落下了不少功课，于是每天晚上都在拼命补习。

这天晚上，我还在奋战的时候，忽然有人敲了敲我的窗户。

我掀开窗帘一看，惊讶道："凌皓辰！"

我连忙打开窗户，凌皓辰从外面爬了进来。我蹑手蹑脚地走过去，反锁上房门，转头问道："你怎么到这里来了？"

凌皓辰坐在我的床上，大口地喘气，说道："纪青念，你过来。"

我坐过去，凌皓辰搂住我的肩膀，将头靠在我的肩上歇息。我没有拒绝他，好一会儿，他才抬起头，对我说："杨言笑要去报仇，已经计划好了。"

在我的意料之中。

凌皓辰继续说："我劝解不了，所以我选择帮他。"

我也早该想好的。

我问道："所以，你这次来是在跟我告别吗？"

凌皓辰点点头："万一我出了什么事，你……"

"你出去。"我偏过头，眨了眨眼睛，就要掉出眼泪来。这些天我哭得太多了，泪腺已经能感知到我的情绪了。

"念，我欠杨言笑的。"凌皓辰轻声说道。

我腾地站起来，厉声道："真正的兄弟是不会任由他去做冲动的事情的！凌皓辰，你知不知道，你要是陪他去做了，你会失去什么？"

"我知道。"凌皓辰站起来说道。

"你有可能会失去我。"我说。

凌皓辰一愣，又说道："我会拼尽全力守住你。"

我一时有些头晕，将凌皓辰推到窗前，说道："你走吧。"

"念……"

"走！"我打开窗户，背对着凌皓辰。

凌皓辰在我身后站了好几秒，然后从窗户翻出去，踩着空调外机跳了下去。

我愤怒地关上窗户，拉上窗帘，一屁股坐在凳子上生闷气。

这都什么跟什么？我知道要给骆七七报仇，但不是计划着去打架吧？这些人有没有脑子啊？不，我居然还指望杨言笑有脑子？

真是可笑至极。

第二天，一整天我都在想这件事，越想越觉得不安，生怕凌皓辰脑子一热就去帮着杨言笑打架。杨言笑是什么人？欺负骆七七的，他肯定会往死里揍啊！

我一放学就急忙跑到了华叔家，华叔见我去找他，客气地让我进屋。我连忙说道："华叔，不用了，您听我说就好。"

华叔问道："是跟阿辰有关吧？"

"嗯。"我点点头，说道，"昨天凌皓辰说会帮杨言笑一起去打架，之前杨言笑奇怪的行为就让我觉得诡异了，我怕会出什么事，所以您平时把凌皓辰盯紧点儿。"

"我明白。"华叔会意道，"好不容易让阿辰回了学校，我不会让他再去做傻事的。"

叮嘱华叔后，我半信半疑地往家的方向走去。但我的心一直揪着，总感觉事情不会这么轻易地平息。

这件事让我睡都睡不好。

第二天我去凌皓辰的教室找他，却发现他不在教室。我问坐在后面的一个女生，凌皓辰今天有没有来上课，女生告诉我今天凌皓辰请假了。

请假了！

我顿时如热锅上的蚂蚁一样，突然脑子灵光一闪，立马奔到穆少白的教室，结果穆少白也请假了。这群人，是打算只瞒着我一个人吗？

我下意识地拨了穆少白的电话，电话"嘟嘟"响后，我真想抽自己一耳光。我该怎么跟他说呢？

"喂？"穆少白接通了电话。

"喂，呃……穆少白，我……"我忽然不知道该怎么开口。

"不用担心，一切有我呢。"穆少白似乎猜到了我想问什么，一句话就给我吃了一剂定心丸，"我知道你要说什么，你放心，都没事，我会好好保护皓辰的。"

我总算是松了口气，在花坛边坐下。

"谢谢你，少白。"

穆少白在电话那头沉默了半晌，说道："对于你，我只有一个要求，我们之间能不能不要这么生疏？"

我答道："好。"

穆少白挂了电话之后，我才整理好心情去上课。

可是，到了下午，噩耗传到了我的耳中。

穆少白让我去警察局。我一放学就往警察局跑去，穆少白和凌皓辰站在警车旁，警察从警车上带了两个人下来，一个是白浅，一个是上次在马路边问路的大叔。

白浅回头看着我，眼里全是怨恨。警察推了她一下，催促道："快走！"

我走到凌皓辰身边，问道："你没事吧？"

凌皓辰侧过头，没理我。

我又继续问："杨言笑呢？"

凌皓辰还是不告诉我。

穆少白在我身后拉着我的胳膊，轻声说道："青念，你过来。"

我看着穆少白，穆少白眉头紧锁，说道："言笑……言笑因为斗殴被打成重伤，在送往医院的路上已经去世了。"

"什么？"我下意识地问道，"这种词你用在一个少年的身上，真的好吗？"

穆少白摇了摇头，抓住我的肩膀，说道："你知道吗？言笑红了眼，不顾一切地跟那群人打架，他只有一个人。我跟警察赶到的时候，他被一群人围着，有的用脚踢，有的用棍子打……"穆少白说着说着，声音哽咽起来，"言笑一个人……一个人被他们这样殴打……他，他现在已经，已经不在我们身边了，你懂吗？"

我愣住了，眼前浮现出初见杨言笑时他不羁和开朗的样子，他和骆七七打闹时的样子。

我问："凌皓辰呢？"

我跌跌撞撞地走到凌皓辰身边，看着他丝毫没有受伤的身体和脸颊："凌皓辰，你呢？你没有去吗？你没有受伤吧？"

凌皓辰轻声一笑，问道："现在支持我去帮阿笑了？"

我眉头紧锁，连忙摇头，抽泣道："不是的……我，我不希望你们任何一个人受伤出事。我就知道事情不会这么简单的，我希望你能劝住杨言笑，让他不要做傻事，七七在大洋彼岸会很难过的……"

凌皓辰一脸冷漠，说道："我什么都不知道，我迷迷糊糊睡了一整天。如果我知道会是这样，我一定会拼命把阿笑救出来，我会让那群人好看的。"

穆少白叹了口气，说道："皓辰，你怎么就不懂？就算你去了，你们两个人也斗不过那一群人的。"

"那也好过在背后当缩头乌龟吧？"凌皓辰冷笑着，眉眼如霜，看着穆少白。

穆少白摇了摇头，说道："不可理喻。"

"我是不可理喻。"凌皓辰讽刺道，"现在，骆七七离开了我们，去了美国，阿笑是我们共同的好友，因为我们袖手旁观而失去了生命。穆少白，

你有多大的脸才会说出我不可理喻这种话？"

"盲目的行为本来就会带来不好的后果，杨言笑的性格你也不是不知道，我要是不阻止你的话……"穆少白皱着眉头，话到嘴边未能说完。

凌皓辰听出了端倪，问道："你不阻止我？"

穆少白见此，干脆全盘托出："是，是我阻止了你。我在给你的饮料里放了安眠药，所以你才会昏睡一天。"

凌皓辰怔怔地看着穆少白，像一头暴怒的狮子一样扑上去抓住穆少白的领子："穆少白！"

"皓辰！"我吓了一大跳，跑上去，却不敢触碰凌皓辰。

"你好有能耐啊，穆少白！"凌皓辰咬着牙，怒目圆睁。

穆少白也不还手，被凌皓辰揪着衣领，双脚已经腾空而立了。穆少白眯着眼，笑得令人揪心。

他说："凌皓辰，你可以不顾自己的生命，但是你不能让在乎你的人难过。因愧疚而要挽回情谊的方式有千万种，你这种太极端，我不希望青念的幸福因你而毁于一旦。"

凌皓辰抓住穆少白衣领的手慢慢松开，缓缓勾起嘴角，说道："说出实话了？原来你对纪青念这么上心，连兄弟情义都比不过啊。"

凌皓辰的话让我心里很不是滋味，我低吼道："凌皓辰，你少说两句！"

凌皓辰脸色难看地看着我，问道："你帮他说话？"

我心里很乱，凌皓辰的智商突然为负了吗？

我说道："杨言笑意外死亡，穆少白心里不比你好受，可人家又没做错什么。"

"没做错什么？"凌皓辰重复着我的话，像看着陌生人一样看着我，"纪青念，穆少白上一句才说是为了不让你的幸福毁于一旦，你下一句就开始维护他了？好啊，如果你觉得穆少白比我优秀，比我更适合你，你说，我可以退出！"

凌皓辰的话就像一盆冷水毫不留情地浇灌在我的头顶，我气得浑身发软，毫无半分力气来指责他。

穆少白冲上去推了凌皓辰一下，为我打抱不平："凌皓辰，你这不是人说的话！"

"那你是人吗？"凌皓辰吼道。

"闭嘴！"我怒火中烧。

凌皓辰看着我，眼里仿佛燃着一团怒火。

我心里难过，一不留意，眼泪就滑了下来。我伸手抹去，挤出笑容，说道："凌皓辰，你如果对我有意见，没关系，大不了咱俩分手。反正你不是除了责备穆少白，还责备我吗？分手吧，我走，我可以不烦你。"

我整个身体不停地颤抖，我别过脸，不敢看凌皓辰。

不要答应我，不要答应我……我在心里呐喊着。

"你以为没了你，我就过不了吗？"凌皓辰的声音很冷。

　　我的世界轰然倒塌，凌皓辰挪着步子，慢慢转身离开。一步一步，就像踩着我过去的。

　　我仰起头，心里的疼痛一阵一阵的，最终还是忍不住，弯着腰，手紧紧捂着胸口。

　　我以前从来不知道，原来心痛真的可以让人变得难以呼吸。

　　一只手贴着我的背，穆少白慢慢地蹲在我的身边，我瞧见他的脸色也并不好。

　　"对不起。"我说道，我知道穆少白无端受到牵连，我有很大的责任。

　　穆少白没有说话，他抓着我的肩膀将我扶起来，轻声说道："我送你回家吧。"

　　穆少白将我送到小区楼下的时候，也没跟我说一句话，犹如魔怔一般离开了。

　　穆少白是军人家庭出身，从来走姿坐姿都十分挺拔。可现在，他低着头，脚下如灌铅般沉重。我抬头望着高楼间残留的夕阳余晖，苦笑着，果然，我们五个人分崩离析了吗？

　　晚上，我给纪大海做了晚餐，他回来后，吃完饭就疲倦地进房间睡觉了。我收拾好碗筷，洗了个凉水澡，没有擦湿漉漉的头发，就这样坐在书桌前发呆。

　　手机屏幕一直亮着，亮了20秒后锁屏，我又开启，又继续亮着。

　　屏幕上是凌皓辰的联系方式，我好想打电话过去，好想跟他说，对不起，我不想分手，我是说气话，你原谅我好不好？

可是我不知道该怎么开口。

他都已经跟我说，没有我，他能好好生活啊。

我一仰头，咬着下嘴唇，终于还是没能忍住，趴在桌上小心翼翼地哭了起来。

不知过了多久，手机的振动声吓得我立即跳了起来。迷迷糊糊的我拿起手机，念叨着："凌皓辰，凌皓辰……"

待眼睛适应了手机屏幕的亮度，我方才看清是骆七七。

我接听后，一开口就崩溃了："七七……"

"念子。"骆七七的声音也有些不对劲，就像刚刚哭过一样。

杨言笑死了，凌皓辰或者穆少白应该告诉骆七七了。我心里明白，我拭去眼泪，努力微笑着说道："七七，我还以为你不会再打电话过来了。"

骆七七沉沉地叹了口气，问道："你哭了？"

"做噩梦了。"我编着谎话。

骆七七说道："念子，我睡着了，我梦见阿笑了，他满身鲜血，在地上朝我慢慢爬来，他的脸上……"骆七七抽泣了一下，继续说道，"脸上全是碎片和眼泪，他问我为什么跟他分手。念子，你知道我心里有多难过吗？如果可以，我死都不愿意跟阿笑分手啊……可是我这个样子，这个样子是会成为他的累赘的！"

"我懂，我懂。"我连忙出声制止哭泣的骆七七，说道，"如果不是万

不得已，相爱的两个人怎么甘心南辕北辙呢？"

而凌皓辰甘愿跟我南辕北辙，他是不是……

我说道："七七，过几天等杨言笑下葬了，我去看他，你有没有要带的话？"

骆七七平静下来，沙哑着嗓音说道："告诉他，我很想……"骆七七停顿了一下，将未说完的话咽了回去，转而用冷冷的语气说道，"希望他下辈子做一个善良、理智、明是非明真理的人，好好念书，长大后娶一个温柔的女孩，幸福一辈子。"

我逼回眼泪，电话那头的骆七七让我心疼。

我靠着椅子，仰着头看着屋顶，说道："我一定带到。"

骆七七，如果时光可以倒流，能够回到那段无忧无虑的时光，你让我失去自己的生命，我都愿意。

坦 诚 抵 不 过 口 是 心 非

Chapter 08

第八章

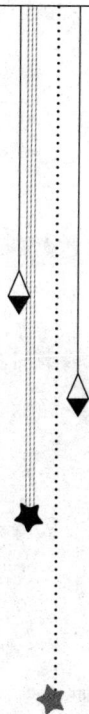

✦

梦里，我身处沙漠，我看见有行者身上带着驼铃。我走上前问他，我说，你的骆驼呢？他告诉我，丢了，不小心丢了，再也找不回来了。骆七七、凌皓辰，我们几个人之间到底是丢了什么，才让各自东南西北，如此揪心？

01

我考完的时候，树上的蝉叫得更欢了。凌皓辰和穆少白比我早一个月考试，到现在为止，他们也很久没出现了。

可是，许多天过去，凌皓辰和穆少白没有一个人来找我，我偶尔给穆少白打电话，都处于关机状态。考试前关机我能理解，考后也关机，不至于吧？难道他们两个还没有和好？

我打算先回家告诉纪大海今天发挥得不错，然后去找华叔问问凌皓辰的情况。

回到家的时候，我习惯性敲敲门，纪大海并没有给我开门。我找出口袋里的钥匙，打开门，厨房里的水哗哗作响。

我埋怨道："纪大海？"

我走进厨房，那景象吓了我一大跳。

我脱了鞋子，走进厨房，把水龙头关了，责备道："这个纪大海也真是的，出门连水龙头都忘记关。"

我骂骂咧咧地走进纪大海的房间，眼前的一切让我愣住了。

纪大海趴在地上，旁边是一瓶散落出来的药丸。

"爸……别吓我啊！"我赶忙扑过去，却又不敢触碰他。我慌忙拿出手机，翻着通讯录，却找不到一个可以帮我的人。我心里一急，只好先拨打了120。

救护车很快过来了，将纪大海抬上了车。

经过医生的检查之后，纪大海慢慢醒了过来。

医生走到我面前，取下听诊器，说道："劳累过度，没什么大碍，要注意多休息。"

我悬着的心终于放了下来，连忙跟医生道了谢，走到纪大海身边，佯装生气地说道："听见了吗？医生让你不要太劳累了。"

纪大海躺在床上，笑眯眯地看着我："你要考试，爸爸能不为你好好做点儿有营养的吗？"

我说道："现在我时间一大把，您就安心养病，做饭的事情交给我。每天上班你们公司要求9点，您不许早去，下班时间是晚上五点半，您不许加班，乖乖地回来，知不知道？"

"知道知道。"纪大海像小鸡啄米似的点头，仿若我是个大人，他才是小孩一样。

我满意地点点头，说道："那你等着，我去给你买饭。"

"我要喝粥。"纪大海说道。

"没问题。"我大声应道，离开了医院。

纪大海在公司有多劳累，我不知道，所以我只能尽可能降低他在家里的辛苦程度。我去找华叔的事情耽搁了几天，这几天，我都在全心全意地照顾纪大海。

刚刚在"豆果美食"看了一下给病人的最好的营养品，然后凑合着给纪大海做了一份送到医院。

到病房的时候，我看到纪大海的床头柜上放着一篮水果，随口问道："你同事来看你了？"

"不是，是你的同学。"纪大海翻了个身坐起来。

"我同学？莫艳艳啊。"我笑道，"这丫头还算有良心。"

"不是。"纪大海双手交叉放在被子上，一副若有所思的样子，"是个男同学。"

"男同学？"我更加奇怪了，在班上，我好像没有什么特别要好的男同学吧？

纪大海想了想，继续说道："个子高高的，穿着黑色的T恤衫，左手手腕上戴着卡西欧手表，右手手腕上戴着一根银色的粗链子。"

听这形容，是凌皓辰啊。他怎么知道纪大海生病了，还偷偷跑过来看他？

我撇了撇嘴，说道："我知道是谁了，有次下雨的时候，我值日比较晚，遇到他也值日没带雨伞，我就让他跟我一起走，送他回家，估计是报恩吧。"我的谎言说得天衣无缝。

纪大海点点头，说道："同学之间互助互爱，很不错。"

我在心底笑了千百遍，是挺不错的。

"老爸，您要不要尝点儿海带猪蹄汤？"我盛好一碗汤，问纪大海。

纪大海坐端正，说道："闺女喂我，我就吃。"

纪大海像个小孩似的撒着娇。

"得嘞，皇阿玛。"我乖乖地走过去服侍纪大海。

还好我跟纪大海的关系越来越亲密，越来越像一对父女了，这让我这段时间千疮百孔的心总算有了一些慰藉。

照顾完纪大海后，我收好保温瓶，请示道："皇阿玛，儿臣要先回家看书，为了我们父女光明的未来做准备，您要好好休息。"

纪大海玩着我给他带来的平板电脑，头也不抬地说道："准奏。"

我收拾完东西转身就走，走得很干脆。

到医院门口的时候，我撞见了提着水果篮的凌皓辰。凌皓辰看见我，想躲开。我叫住他，说道："先进去吧，我在这里等你，我有话要说。"

凌皓辰看了我一眼，和我擦身而过，我在下面等了他10分钟，他从二楼慢慢走下来。

我说："送我回家。"

他没有作声，沉默地点点头。

我和凌皓辰并肩走着，他双手揣进裤兜，垂着头，一直看着自己的脚

尖。我开口打破沉默："你考完了？"

"嗯。"凌皓辰回答道。

"想好在哪里发展吗？"我问道。

凌皓辰说道："顺其自然吧。"

我皱眉，停下脚步看着凌皓辰："你们不是商量了吗？你以后会去哪里？"

凌皓辰有意避开我的话题，侧过头看着来往的车辆，说道："随便。"

"总有个地名吧？"我不死心地问道。

"嗯，还在考虑。"凌皓辰漫不经心地说道。

我心里窝着一团火，凌皓辰要是再这般态度的话，这团火一定会燃烧起来。

见我狠狠地盯着他，凌皓辰有些不自然，慢慢地说道："我是真的忘了，我当时心情不好，自然也没发挥好。以后的日子怎么样，我完全是听天由命，或许哪天心情好，就去一个喜欢的地方，构画一张美好的蓝图。"

"那穆少白呢？"我凑过去问道。

凌皓辰闻言，皱着眉头，一脸嫌恶地转过身，背对着我："你能不能不要提他？"

"我提他，你怎么了？"我逼问道。

凌皓辰转过身，大声说道："我很不爽！"

"你凭什么不爽？"我红了眼眶。

是啊，你凭什么不爽？当初你那么果断地同意跟我分手，离开得那么决绝。凭那一点不爽，就不准我在你面前提别人？

凌皓辰见我这般，有些恼怒，却又拿我没办法，说道："回去！"

"带路！"我的语气极为不善。

凌皓辰气冲冲地走在前面，我气冲冲地跟在后面。走到一个路口的时候，凌皓辰忽然停下了脚步，我差点儿撞在他的后背上。

凌皓辰的目光落在了不远处，我顺着他的目光望去，见街那边有五个打闹嬉戏的学生。那样神采飞扬、无所顾忌地大谈大笑，真是像极了当初的我们。

凌皓辰的眉目变得温存，他勾起嘴角，喃喃道："真好。"

半晌，他又慢慢低下头，眼里闪烁的光芒瞬间暗了下去："只可惜再也回不去了。"

我听闻，也勾起了心里的伤感。我伸出手，轻轻拉着凌皓辰的衣角，凌皓辰身体一颤，微微侧头。

"你……会不会想他们？"凌皓辰终于开始问我话了。

我低下头，轻声说道："想，想得不得了。"

凌皓辰闻言，缓缓道："我也是，好想……"

我想说，那么，凌皓辰，我们和好好不好？也跟穆少白和可不可以？我们还在一起，我们不要分开了好不好？

我说不出口，我垂着头，视线变得模糊起来。

我用手背擦掉眼泪，明明不想哭的，可是心里好难过。

凌皓辰背对着我，任由我牵着他的衣角，他说："你还记得我们在'放

肆'酒吧的时候吗？那是我们五个第一次聚在一起，你第一次加入我们。我参加了啤酒比赛，给你赢了维尼熊。"

我含泪笑道："它还躺在我的枕边呢。"

凌皓辰的声音里掺杂着苦涩："是啊，还有那次烧烤。哦，对了，穆少白那天拍了很多照片，全部洗出来了，我们一人一份。"

我浑身开始颤抖，说道："嗯，我把它们全部贴在了墙上，一抬头就能看见。"

"那次……那次打架。"凌皓辰声音哽咽地说道，"你和骆七七就像两个小疯子一样，拿着木棍跑了过来，可最后，你……"

"你的头还痛不痛？有没有留下什么后遗症？"凌皓辰说到这里，立刻转过身，不经意间，我发现我们两人皆已泪流满面。

微风夹杂着温热的气息拂来，吹过他手腕上的"念"字，路过我手臂上的"辰"字。

听说这种刺青能留一辈子。

刺青能留一辈子，我在你心里能留一辈子吗，凌皓辰？

02

凌皓辰将我送到家的时候，我把他留了下来，他捧着我给他泡的茶，慢条斯理地说："我的祖母去世了。"

我倒茶水的动作一僵，然后缓缓恢复动作。

凌皓辰继续说道："华叔也搬走了，我现在一个人，但是没关系，我已经有能力了，而且前几年的比赛奖金也能够我用一阵子。"

我不知道该怎么说，安慰？鼓励？这些都不是凌皓辰需要的。我居然可恶到连凌皓辰处于这么难过的情况下都没有陪伴他，我真该死。

"你不用自责。"凌皓辰像是看穿了我的心思，"念，我可能会去外地。"

我在心里呐喊，不要走，不要去外地，不要离开我。

可我的嘴唇像是被封住一般，竟说不出一句话来。

"祝你好运。"我说出这么一句话。

凌皓辰释然道："谢谢。"

我低头浅笑，谢我？我们之间真的只剩下这种欲留不留、欲言又止的关系了吗？

凌皓辰起身说道："谢谢你的茶，我先走了。"

"嗯。"我点点头，双手在围裙上擦了一下，刚才还想留凌皓辰吃饭的，这会儿居然毫不犹豫地答应他走。

凌皓辰笑了笑，走到门口，说道："你不要送了，我自己能回家。"

"路上小心。"我朝他点点头。

凌皓辰朝我微笑着，身影随即消失在电梯口。

我茫然了，怔怔地看着电梯出神。等回过神来的时候，我慌忙跑向自己的房间，途中被茶几角撞了膝盖，我也来不及喊疼，便迫不及待地跑进房间，偷偷拉开窗帘看着楼下的情况。

凌皓辰走到楼下，抬头往我的房间看了一眼，这才慢慢离开。

我失落地坐在床上，然后躺了下去。一抬头，枕边的维尼熊正对着我笑，我一把抱过维尼熊，蜷缩在床上，一点儿也不想动了。

第二天，我正在厨房忙得焦头烂额，客厅沙发上的手机响了起来。沙发已经被我换成了棕色的，这样看起来家里比较有生机。

我拿起手机一看，是穆少白。

我连忙接听起来："穆少白。"

穆少白的声音听起来很轻松，我松了口气。

"青念，你这个周末有空吗？"

"有啊，我天天都有空。"我一边咬着一根刚洗净的黄瓜，一边说道。

"那好，这个周末下午3点，我们去'放肆'酒吧吧，我还请了皓辰，我想跟你们最后聚一次。"

我迅速将口里的黄瓜嚼碎咽下去，问道："最后一次？穆少白，什么意思啊？"

穆少白轻笑了两声，用略带遗憾的口吻说道："我会去国外发展，说不定我们以后再也没有机会见面了。"

"国外……"我喃喃自语，凌皓辰要去外地，穆少白要去国外。我们几个当真永远都不能相聚了吗？要永远带着这种遗憾了此余生了吗？

穆少白有些担心地问道："青念，你怎么了？"

我平静地说道："没事，我会准时到的。"

"那好，到时候等你。"穆少白说完就挂了电话。

我再也没有心思做饭了。

这短短两年到底发生了什么？我们为什么会变成这样？

我回想起这两年来的事情，忍不住狠狠地抽了自己一巴掌："都是我！若不是我多管闲事救下翻墙的骆七七，就不会有这么多事了。"

我心乱如麻，却又不知道如何将这团乱麻整理好，只能像等待死亡宣判一样等待着周末的到来。

周末，我简单打扮了一番，准备好了零钱去坐公交车，刚刚准备投币的时候，看着手里躺着的两枚一元硬币，突然笑了。

想当初，我好像还欠了穆少白两块钱吧。

我笑着摇了摇头，将硬币投进去，选了最后一排的位子坐下。骆七七当初说，最喜欢的位置就是后排了，后面没有人盯着，前面也没有人盯着，又居高临下，多爽啊。

一个多小时后，公交车到站，我下了车，穆少白已经在公交车站台等我了。

他今天穿着白色衬衫，干净又利落。

"走吧，阿辰已经在等我们了。"穆少白领着我走进放肆酒吧，选的还是之前那个包间。

只是这一次，里面没有骆七七跟杨言笑，似乎缺少了什么，冷冷清清的。

凌皓辰坐在一边，一瓶一瓶地给自己灌着洋酒，白皙的脸上已经泛着红晕了。

"我们还没来，你就已经喝醉了，接下来怎么办呢？"我有些埋怨道。

凌皓辰白了我一眼，嫌弃地说道："我能喝醉？"

穆少白笑道："没关系，今天大家多喝点儿，没事，我叫了朋友，会送我们回家。"

穆少白说完，也给自己倒了杯洋酒，然后给我倒了一杯兑了苏打水的洋酒。穆少白还是这么会照顾人，不像凌皓辰。

我望着沙发上瘫软的凌皓辰，踢了踢他的腿，说道："穆少白要走了，你就不想说点儿什么？"

"有什么好说的？"凌皓辰伸出手，在空中挥了一下。

"看来是真的喝醉了。"穆少白饮了口洋酒，说道。

"他不是千杯不醉吗？"我疑惑地问道。

穆少白擦了擦嘴，说道："啤酒和纯洋酒度数完全不一样，东方人很少敢喝纯洋酒的，他又喝了好几杯，不醉才怪。"

既然这样，我也懒得理凌皓辰，便坐下来问穆少白："你打算去哪里？"

穆少白坐下来，和我中间隔着凌皓辰。

"去日本，已经办好了相关手续，继续读书或者工作，到时候再打算。"

我不解地问道："日本离我们这么近，你难道不会回来看看我们吗？"

穆少白像是看破红尘似的笑道："青念，有些事情破碎了，再重新规整好，也还是有裂缝的，就像破碎的镜子，你粘好了，也还是没办法在镜子里看到一个完整的自己。"

"原来连你也想要放弃。"我垂下头，可笑地说道。

"如果可以，我宁愿永远不要放弃……"穆少白靠在沙发上，眉头紧锁着。

他是个多么冷静睿智的人，竟然也为这样的事如此费心费神。

穆少白的头靠在沙发的靠背上，缓缓侧过头，目光越过凌皓辰的肩膀，静静地看着我。包间里的灯光很暗，我又在黑暗的一角，所以，我眼眶里的泪水他是看不见的吧？

"青念，我……"穆少白缓缓开口，欲言又止。

"你说。"我不希望我跟穆少白之间有所隐瞒。

穆少白微微一笑，问道："我走了，你会记得我吧？"

我心里隐隐作痛，无论他们当中谁走了，我都会记得的。我记得骆七七，记得杨言笑，自然也会记得穆少白。可我心里明白，他想要的答案并不这么纯粹。

凌皓辰在中间挪动了一下，慢慢地睁开眼睛，然后扶着桌子站起来："我去洗手间。"

方才的谈话，他都听见了吧？

穆少白见凌皓辰一副醉酒的模样，上前跟在他后面，伸出手准备扶着一不小心就要跌倒的凌皓辰。

我等他们走后，将凌皓辰没喝完的酒端起来，仰头就喝。

真辣，真刺鼻，很难喝，比啤酒都要难喝，比我最讨厌的菜还要难以

下咽。

我在包间里等了多时，还没等到凌皓辰和穆少白。我拿着包，寻思出去看看他们。当我打开门的时候，就看见外面的人围成了一圈。

我挤进人群中，见凌皓辰和一个男人在拼啤酒，那个男人身边站着上次我在后宫娱乐会所遇见的阿龙。阿龙的目光如刀一般，在凌皓辰的身上没有移开过。

我心里一惊，阿龙可是白浅的表哥啊！

凌皓辰一只脚踩在椅子上，一只脚踩在桌上，往嘴里灌酒。和他拼酒的男人直接从桌子上滚了下来。

凌皓辰甩掉手里的酒瓶子，居高临下地看着阿龙。

阿龙不由地为凌皓辰鼓掌，不怀好意地说道："凌皓辰，你真行。"

凌皓辰面色通红，目光迷离，伸手抱拳道："过奖！"

阿龙的目光里满是挑衅，说道："怎么？许久未见，要不要出去叙叙旧？"

凌皓辰知道阿龙的话里之意，笑对着他，不说话。

"怎么？不敢了？"阿龙挑眉问道。

"谁说不敢了？"凌皓辰从桌上跳下来，双手背在身后，大摇大摆地走出了酒吧。

阿龙伸出手示意，身后的几个跟班跟着他出去了。

"穆少白。"我无比紧张地看向穆少白。

穆少白对我做了个"嘘声"的手势，然后走过来，抓住我的手，说道：

"肯定没什么好事，白浅因为我们而入狱，她表哥怎么可能不报仇？我们跟在后面，你随时准备报警。"

"嗯。"我点点头，紧紧地握着我的手机。

穆少白拉着我，小心翼翼地跟了出去，瞥见阿龙他们走进了右侧不远处的一个废弃工厂。

我跟穆少白悄悄潜进去，躲在一边，他站在我前面护着我。

阿龙的手下把凌皓辰围住，凌皓辰站在中间痞痞地问阿龙："有什么话，要做什么，你就说吧，别拐弯抹角了。"

阿龙低声问道："你还记得白浅？"

凌皓辰故作思考，然后说道："哦，白浅啊，关进牢里的那个？"

阿龙气得吹胡子瞪眼，狠狠地说道："你敢拒绝白浅的表白，我可以放过你，可是我没想到你居然害她被关进了牢里。白浅这丫头从小跟我一起长大，从来没有受过什么苦，我一直让底下的兄弟把她当大小姐对待，可是在你小子这里，你居然……居然……"

阿龙越说越气，但是凌皓辰不为所动："白浅只是为自己的行为付出相应的代价，她雇人想要伤害青念，结果没成功，青念被骆七七所救。可是那场车祸让骆七七失去了腿，她这一辈子都会活在这种伤痛之下，而且你们的人把杨言笑打死了，我只是让白浅坐了一下牢而已。怎么？你是不是不忍心你的表妹受苦？不忍心就跟她一起去坐牢啊。"

阿龙被凌皓辰的一席话噎得够呛，他狠狠地说道："你小子挺嚣张的啊！你们给我上！上去弄死他，弄不死他，我弄死你们！"

得了阿龙的命令，手下一窝蜂地上去，瞬间就将凌皓辰揍翻在地，对方人多势众，凌皓辰根本没有还手之力。

穆少白回头招呼我："报警，藏好别出来。"

说完，他立即冲上前去。

"穆……"我心里慌乱起来，忙不迭地拨通了110。

待电话转接到警察局，话筒里传来一位女士的声音。

我的声音有些急促，带着哭腔："放肆酒吧的右侧有一个废弃工厂，这里有人打架，我求求你们快点儿过来，会出人命的。"

我早该打电话的，等警察过来还需要一些时间，我不知道凌皓辰和穆少白能不能坚持住。

我放眼望过去，在穆少白的保护下，凌皓辰站了起来，穆少白丢给了凌皓辰一根棍子，但很快又被阿龙的手下抢过棍子，棍子重重地落在他们的身上。

阿龙见凌皓辰和穆少白还想着顽抗，便冲上去捡起地上的砖头，敲向穆少白的脑袋。

"穆少白小心！"我忍不住惊呼起来。

穆少白听见我的声音，惯性地抬手一挡，砖头落在他的胳膊上。阿龙趁机一脚踹向穆少白的腹部，将他踹出去好远。穆少白撞在几米开外的木板上，痛得爬不起来。

凌皓辰见状，红了眼，朝阿龙扑去，扑倒在地，就狠命地往他脸上送拳头。

我再也顾不得那么多，冲上去跑到穆少白面前。穆少白蜷缩着身子，捂着腹部，面色惨白，头上直冒冷汗。

"穆少白！"我不敢去碰他，殷红的鲜血从他的口中涌出来，我猛然瞧见，穆少白身下的木板上钉着好几颗尖锐的钉子。

我吓坏了，尖叫道："凌皓辰！"

我站起来，环顾四周，捡起砖头，砸向扑在凌皓辰身上的一个人，那人应声倒地。

其他人见状，都有些诧异地看着我。

我举着砖头，大声说道："我已经报警了！你们要继续打架可以，大不了拼个鱼死网破，反正警察一会儿就来了，你们想逃也逃不了，就在牢房里过下半辈子吧！"

阿龙把凌皓辰推开，看着我身后奄奄一息的穆少白，又看着不像是在开玩笑的我，留给我一个"后会有期"的眼神，便急忙逃离了废弃工厂。

阿龙和那干人走后，我像泄气的皮球一样一下子跌在了地上。

03

医院里，我跟凌皓辰已经将穆少白送进医院5个小时了，他还没有醒过来。我和凌皓辰坐在病房里，沉默地坐着，一句话也没有说。

病房里忽然走进两个警察，看了我跟凌皓辰一眼，问："你们谁出来录个口供？"

凌皓辰站起来，面无表情地说道："我。"

然后，凌皓辰跟着警察走了出去。

凌皓辰走后的5分钟，戴着氧气罩的穆少白才慢慢醒来。一见穆少白有了意识，睁开了眼睛，我连忙叫来了医生。

医生给穆少白检查了一番，说道："还好醒了过来，算是脱离了危险期。但是必须要留院观察休养一个月，我担心你的内脏受损，所以还不太放心。"

戴着氧气罩的穆少白虚弱地点点头，医生叮嘱我："好好照顾他。"

我忙说："我知道，谢谢您。"

待医生走后，我对穆少白说道："你能醒过来真是太好了。医生说你要休养一个月，你就不要去日本了吧，就在这里发展，等我发了大财，保你吃香的喝辣的。"

穆少白温柔地笑着，把我的手拉到他面前，用另一只手缓慢地在我的手心写着"谢谢"两个字。

我颇为得意地说道："不客气。"

我放下他的手，轻轻地拍着被子，说道："医生说，你的这个氧气罩还要戴一下，等你呼吸顺畅了之后才会取下来。那个时候你就可以跟我们说话了，也可以吃饭了。"

穆少白点点头，随即朝四周张望了一眼。

"凌皓辰在外面录口供。"我说道。

话音刚落，凌皓辰就推开门进来了，见穆少白醒过来，他的脸上有几分愧色。他走到对面坐下来，说道："阿龙那群人已经落网了，这下阿笑也该瞑目了，七七也能解开心病了，你也该开心了。"最后一句话是说给穆少白听的。

真是大快人心的结局。

我对凌皓辰说道："少白已经决定不去日本了，他的伤需要休养一个月。皓辰，你也不要去外地了好不好？你们都留在这里，我们三个又能在一起了。"

凌皓辰眼神一暗，随即嘲笑道："你觉得我会听你的话吗？"

我哑然，不知所措。

凌皓辰站起来，说道："你先回去吧，我在这里守夜，明天早上9点你再过来。我们轮流照顾他。"

我一看表，快到11点了，我点点头，跟凌皓辰和穆少白道别之后，往家里走去。

刚出医院门口，凌皓辰就追了过来。

我诧异地问道："你怎么出来了？"

凌皓辰面无表情地说道："少白说太晚了，让我送你回去。"

我点点头，不再说话。

走到小区楼下，我正准备进楼，凌皓辰忽然叫住我。我一回头，他垂首问道："你真的很想跟穆少白留在一个地方吗？"

我心里一动，慢慢点头："我希望我们三个一起。"

"呵。"凌皓辰冷笑道，"跟你们一起吗？也是啊，我居然妄想着希望

你能跟我去外地，想想怎么可能呢？我这种人，你怎么看得上呢？"

"不是的！"我忙出声说道。

我想解释，说我好想跟你在一起，无论去什么地方我都愿意。可是凌皓辰，你知不知道，我很没有安全感，我连奢望你说一句喜欢我都不敢。

"算了，你上去吧。"凌皓辰转过身，说走就走，背影孤寂又落寞。

他又一次决绝地走了。

我崩溃到大哭，却没有一丝勇气叫住他。

凌皓辰，为什么我们之间要互相折磨？我们都好好的，不好吗？

第二天早上9点，我如约来到了医院接凌皓辰的班。

穆少白已经取下了氧气罩，吃着凌皓辰给他带的早餐。看他们两个的相处模式，关系似乎融洽了不少。

我微笑着，神采奕奕地进去打招呼："皓辰，少白。"

"早。"穆少白一边吃着早餐一边跟我打招呼。

凌皓辰则活动着筋骨，说道："你可算来了，整晚累死我了。"

说完，凌皓辰把手机和耳机装在口袋里，说道："少白就交给你了，青念，好好照顾他，我先回家了。"

"你这么早就要走啊？"我有点儿不解。

凌皓辰笑了笑："给你们留独处的时间嘛。"

我心里咯噔一下，这是什么意思？

凌皓辰穿好外套，走到门口，对穆少白说道："要加油哦。"说完，他极为绅士地替我们关上了门。

我怒气冲冲地走了出去。

"凌皓辰，你给我站住。"我在后面压低声音喊道。

凌皓辰加快脚步，没有理我。

我立即跑上去，超过凌皓辰，伸手拦在他面前："我让你站住，你聋了吗？"

"纪青念同学，有何贵干？"凌皓辰明知故问。

我不解地问道："什么叫给我们留独处的时间？"

凌皓辰恢复认真的样子，说道："你知道穆少白喜欢你。"

"然后呢？"我皱眉问道。

"我欠他的，应该还给他。"凌皓辰淡淡地说道。

我的心像是被刀子刺穿了，我憋着眼泪，努力笑起来："凌皓辰，我在你眼里究竟算什么？你欠谁就要把我扔给谁吗？"

凌皓辰看着我，不说话。

我尽量平静地问道："凌皓辰，你还喜欢我吗？"

"喜欢与不喜欢，还有什么意义吗？"

多让人伤心又恼怒的话。

我嗤嗤地笑着，点头，轻声说道："那我先去照顾穆少白了。"

说完，我擦过凌皓辰的肩膀，绝望地与他背道而驰。

穆少白站在病房门口看着我。

我抹掉眼泪，微笑着面对穆少白，搀扶着他说道："我们进去吧。"

穆少白坐到床上，看着我柔声说道："青念，阿辰是个死心眼的人，有

些孩子气，他说的那些让人难过的话，都不能当真。"

我说道："穆少白，事到如今，你还觉得凌皓辰没有做错什么？"

穆少白叹了口气："我不想因为我让你们之间的关系……"

"我跟他之间的隔阂不是因为你，是因为我们自己。"我说道。

是的，一直是我们在互相折磨，互相猜疑。

我说："穆少白，我会好好生活，为自己的人生负责。至于凌皓辰，我尊重他的选择，他想要去外地，就去外地，想让我离开他，我离开他便是。"

"青念。"穆少白的手伸到半空中，却忽然停住。

我冷冷地说道："从此以后，我纪青念跟凌皓辰之间再无瓜葛，我是生是死，他是老是病，都与彼此无关。"

我绝望地闭上双眼，满脑子都是初见凌皓辰时他不羁的样子。

忘记一个在心里扎根的人，一定需要很长的时间吧，没关系，我还年轻，我等得起。

窗外穿过云层的阳光又暗了下去，阴云转瞬密布于天空。

下雨了。

这 世 界 上 的 第 二 个 你

Chapter 09

第九章

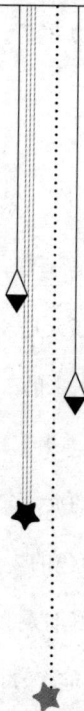

这座空城无光

There Is No Light In This Empty City

◈

在跌跌撞撞的时光浪潮里，我分不清现实和梦境。我曾以为，我们需要做一件事情，需要等待一个人的话，只要努力就可以了，但是我忘记了，光是努力，我们做不到，我们什么也办不了。有些东西，我以为是我的，但其实只是回忆里的。

01

那是认识他们的第二个年头，算一算，时间才过去这么一点点，却又像是过了好多年一样。穆少白出院的那天是凌皓辰去外地工作的那天。

我躲在人群里，听着火车站报出来的车次号，听着听着就发呆了。

凌皓辰穿着一身黑色的休闲装，头上戴着黑色的棒球帽，他背着一个双肩黑色旅行包，手上提着一个黑色的大皮箱。

穆少白穿着白色的T恤衫和深蓝色的牛仔裤，站在旁边，两个人看上去风格迥异，性格迥异，却又是多年的好朋友。

凌皓辰一直等到广播报出他的车次号，才缓缓拿着行李箱进入候车室检票上车。他终究还是走了，从A市到X市，距离不远，却又像相隔千年。

目送着凌皓辰进入候车室，穆少白转过头在人群中寻找我，一眼就锁定了目标。

他走过来，问道："不后悔？"

我抬起头，坚定地告诉他："我不后悔。"

但是我输了，我以为我真的不后悔。

穆少白最后没去日本，留了下来，工作的地方在J区，而我还在H区。每个周末，他都会回来一趟，顺道看看我，再打听我上课是否认真。

穆少白在姜琳和莫艳艳那里打听到我很用功的时候，他满意地摸着我的头说："很不错，请你吃冰激凌。"

冰激凌店还是以前的那家——凌皓辰在地下赛车比赛胜利后请我吃冰激凌的那家店。上面还贴着当时我跟凌皓辰写的祝福，他一直都没有让我看。

我从上百张便利贴里寻找到了凌皓辰的字迹，只一眼，便让我泪流满面。

"万能的外星球超人啊，请让纪青念健康幸福吧。"

我笑着，当时凌皓辰写这句话的时候，一边写一边防着我，最后贴墙上的时候还不让我看。

那个时候的他真的是一个无忧无虑的小孩呢。

"再不吃，冰激凌就要化了。"穆少白的声音将我从回忆中拉了回来。

我舔了一口冰激凌，立刻说道："好凉啊。"

穆少白被我逗笑，和我一起走出了冰激凌店。

穆少白问我："对毕业后进我们公司有几分把握？"

我想想，诚实地说道："再努力一点儿，就有60％的把握。"

穆少白一脸不高兴，故意说道："好吧，我就在我们公司孤独终老算了。"

我问："你们公司是不是女生特别少啊？"

穆少白疑惑道："没有啊，挺多的，而且都很漂亮。"

"那有没有人追求你？"我继续问道。

穆少白听闻，颇为得意地说道："当然有。"

"那你怎么会孤独终老？"我问道，然后舔着冰激凌，头也不回地离开了。

穆少白站在身后，愣了愣，一阵夹带着黄叶的风从他的身旁刮过。

因为心里安静下来了，所以生活也安静下来了，我就有更多的心思学习了。虽然偶尔还是会忍不住想念凌皓辰，但是，这样失去一个人，能想念，也是正常的吧？

我每天回家，都会看到纪大海煮着不同的营养品。我开玩笑地说道："纪大海，你转性子了？"

"没大没小。"纪大海故作生气，将营养品端到桌上，说道，"尝尝吧。"

我嫌弃道："老吃营养品，会长胖的。"

"你这么瘦，长胖一点儿，我会很高兴。"纪大海出声呛我。

这个纪大海，什么时候跟随潮流，这么接话了？

"纪大海，你受刺激了？"我开玩笑地问道，"不关心我的成绩，就关心我胖不胖的事情？我长胖了以后没人娶我，我就陪你孤独终老好不好？"

"胡说八道。"纪大海一边给我盛饭，一边说，"我女儿这么漂亮，能嫁不出去？"

这话我听着高兴，纪大海从来没有这么直白地夸过我，虽然听起来很假，但是没关系，我心情好。

我一边喝着纪大海给我熬的汤，一边发表意见："纪大海，我觉得你变了。"

纪大海盛饭的动作停了下来，微笑着问我："那喜欢现在的爸爸还是以前的？"

"现在的。"我脱口而出道。

纪大海欣慰地笑了笑，将饭菜全部端上桌。

对于纪大海的改变，我还是很满意的。至少我们相处起来更加融洽，更加像父女了。

学校的功课进展得很顺利，老师连续夸了我一个礼拜。莫艳艳和姜琳也朝我竖起大拇指，赞扬道："纪青念，我们就说吧，离开凌皓辰那群人，你的成绩马上就会好。"

叽叽喳喳的没完没了，我干脆戴着耳机午睡起来。

耳机里的音乐突然中断了，我迷迷糊糊的，还没反应过来是我的手机在

响。待我反应过来的时候，电话铃声已经停止了，手机屏幕上显示有一个未接来电。

我看到后，心也跟着提了起来。

凌皓辰？

打错了吧？我失笑。再说了，他还打电话来做什么？他已经走了，夏天走的，现在已经到冬天了。

况且，我们之间什么关系都没有了，为什么还要再联系？

时间过得飞快，如白驹过隙般。

我接到录用电话的那一天，兴奋地给穆少白打了电话，不知该从何说起。穆少白从他家里赶到我的家里，纪大海正做了一桌子的饭菜。我邀请穆少白一起来吃饭，正好莫艳艳和姜琳也一起来了。

姜琳看到穆少白，立刻手舞足蹈起来："纪青念，你这是打算一考完就跟穆少白交往吗？"

莫艳艳往姜琳的嘴里塞了一个鸡腿，说道："闭嘴。"

我也不介意姜琳的玩笑话，举着一小杯酒挨着敬他们。

我看见纪大海在偷偷抹泪，然后又笑了笑，继续吃饭。

穆少白给我敬了杯酒，客气地说道："欢迎来到CE公司。"

我与他碰杯："前辈请多多指教。"

当我出现在CE的时候，穆少白作为师兄，帮我提着行李，来回于人事部和工作区。所有看见他的女生，无不例外地站在原地，欣赏般地看着他。

"你这么受欢迎啊？"这似乎在我的意料之中，不过穆少白在CE如此受欢迎，我说出去倍有面子。

穆少白替我整理好东西，交代了一些事情之后，说道："这个周末晚上在开福酒店举行公司的周年庆，到时候记得过来，有个惊喜给你。"

我点头应道："一定去。"

来到新的环境之后，似乎连生活和心情都变得全新了。我认识了CE的三位新同事：包子、菜菜和小优雅。

她们是三个模样和性格都不相同的女孩，但好在都处得来。

周年庆的那天晚上，我和包子她们一起去参加了。

我没想到穆少白居然是周年庆的主持人，跟他搭档的是一个女生。包子在我耳边说道："你男朋友真厉害。"

"他不是我男朋友。"我解释道。

包子一听，立刻兴奋起来，抓住我的手臂不停地摇晃："太好了！我有机会了啊！"

我很无语。

我不知道穆少白说的惊喜是什么，周年庆其实没有多大的意思，不过是有才艺的成员唱唱歌跳跳舞罢了。

其实我更想离开，我还是不太喜欢人多的地方。

就在我准备离开的时候，女主持人忽然报幕说接下来由穆少白弹唱一首李宗盛的《我是真的爱你》。

全场顿时欢呼起来，我好奇，又坐下来，等着穆少白弹唱。

穆少白会弹钢琴，我是知道的，但是边弹钢琴边唱歌，我还是第一次瞧见，我饶有兴趣地观看着穆少白的表演。

钢琴前奏柔和如流水，娓娓道来，让人一下子陷入进去。

穆少白一开口，在场的所有人都为之鼓掌。我心头暖暖的，忽然很想哭。

"我初初见你，人群中独自美丽，你仿佛有一种魔力，那一刻我竟然无法言语，从此为爱受委屈，不能再躲避，于是你成为我生命中最美的记忆。"

我有些忐忑，害怕穆少白会说出一些让我无法招架的话。

"我全心全意等待着你说愿意，也许是我太心急，竟然没发现你眼里的犹豫，只是你又何必，狠心将一切都抹去，你绝情飘然远去，连告别的话也没有一句。"

我已经看不清穆少白的表情了，我的脑海里全是凌皓辰跟我说过的话，凌皓辰远去的模样，所有关于凌皓辰的片段，都像电影一样在我的脑海里播放。

曲末，穆少白深情道："这首歌送给一位新同事，我希望未来的日子，无论是生活还是感情，你都要问心无愧，接受你该接受的，追求你想追求的，不要害怕，不要后悔，我会一直在你身边的。"

我忽然笑了起来，四周的人将目光投在我的身上。我轻松化解尴尬：

"你们不觉得他说得很感人吗？"

是的，是很感人，得到了许多掌声。

穆少白下台后，我也下去找他。到后台时，遇见一个短发女生风风火火地跑向前台，不小心撞到我，她边跑边回头，对我大大咧咧地笑道："对不起啊！"

"骆七七？"我忽然激动起来。

"叶子！"后面追上去的女生站在台下，给短发女生加油打气，"加油！"

叶子？她长得真像骆七七。

我走过去，在舞台一旁看着名叫叶子的女生。

她们的发型、身材以及笑容都很相似。

远在国外的骆七七，你还好吗？

我看着叶子随着舞曲扭动的双腿，眼前一片模糊。

骆七七她曾告诉我，她很想做一个舞蹈家，一个优秀的舞蹈家。她曾经也是那么勇敢，那么活泼开朗，就跟台上的叶子一样。

叶子一曲舞罢，从台上跳了下来，见我站在旁边快要掉泪的样子，叶子凑过来，笑道："哈哈，不会吧？你被我的舞蹈感动得哭了？"

我被叶子的话逗笑，说道："没办法，你太棒了。"

叶子被我逗笑了，问道："你这人真有趣，你叫什么名字？哪个部门的？"

"我……"我刚想自我介绍，忽然骆七七为救我而被车撞飞的那一幕浮现在我的眼前，我说，"我是来找人的，下次有时间再聊吧。"

我没经过她的同意，一溜烟地跑了。

我突然害怕跟她交心，她跟骆七七太像了。

但是，许多事情不是我想逃就能逃的。

叶子就跟当初的骆七七一样，一遇见我，就热情地张开怀抱奔向我，即使我有时候有些不太情愿，她也不会放手。

叶子坐在阳台上，裹着厚厚的围巾，说道："念子，我觉得你是一个有故事的人。"

"轰——"四周一片嘈杂的鸣声，我听不清叶子的话，她刚刚叫我"念子"，念子……骆七七曾经是这样叫我的。

我翻着手机，看着和骆七七的合照，眼泪大颗大颗地滚落下来。

"念子，你怎么了？"叶子见我这样，有些慌乱，忙伸手给我抹着眼泪。

我看着她焦急的样子，忽然失去控制般扑进她的怀里，叶子没反应过来，但还是抚着我的后背，哄着我。

那天，我把有关骆七七的故事都讲给她听了，叶子听完后沉默了许久。

然后，她伸出手，慢慢地搂住我的脖子，说道："纪青念，你这个朋友，我要定了。"

要定了……

跟骆七七当年一样霸道。我无奈地笑了，算了，听天由命吧。

02

在我进入CE之前，凌皓辰分别在冬至、圣诞节、元旦、春节、毕业后的第一天给我打过电话，我都没有接，我不知道该说些什么，我害怕面对他。

当初是他将我拱手让人，而今又打来电话，我实在找不到理由说服自己去接他的电话。

现在他的电话打得更频繁了，我直接将他拉进了黑名单。

在生活再次回归平静的时候，我总觉得少了点儿什么。

时间追溯到我在CE的第二年，叶子经常在我耳边问穆少白是我的什么人，这个问题我已经回答了她千百遍，但她还是不停地追问。

"你们每个周末老是一起回家。"

"念子，穆少白怎么给你买那么多好吃的啊？还送你这么多礼物？对你太好了吧？"

"念子，你都不知道，上次有几个女生在背后说你坏话，穆少白知道了，教训了那几个女生。你就老实交代吧，穆少白到底是不是你的男朋友？"

叶子第183次把我拦在公司宿舍楼梯口了。

我手里拿着洗脚盆，嘴里还塞着牙刷，我不耐烦地说道："普通朋友！你怎么不信呢？"

叶子做出福尔摩斯的标准动作，说道："我不信。"

"拉倒。"我提着洗脚盆进了公共浴室。

"不是啊，念子，我就是觉得不对劲。"叶子跟着进来了。

"啊——"女生浴室里响起一声尖叫。

叶子被脸盆、沐浴露、毛巾赶了出去，她无奈地说道："拜托，姐虽然没胸，但也是女的好吗！"

"活该！"我郁闷地站在隔间里刷牙。

叶子乐此不疲地问了我两年，也是挺坚持的。但我现在只想做一个安静的美少女，想找个安静的地方看看书，能不被叶子的大嗓门惊扰，就尽量不被惊扰。

下午，图书浏览室的人不多，正好可以看一下外语书，如果以后有机会出国看骆七七，也不至于有语言障碍。

身边坐下了一个人，我没有太在意。

直到窗外的夕阳渐渐落了山，我感觉疲惫的时候，才站起来伸了个懒腰，准备回宿舍。

就在转身的一刹那，我看见桌上趴着一个熟睡的男生，他身下压着一本只看了十页的书。他成熟了许多，皮肤变成了小麦色，睡着的模样有些害怕，眉头还紧紧地皱着。

我呆呆地站在原地，几分钟后才回过神来。

回神间，我一抹脸，湿透了。

"凌……"我想要呼唤眼前的人，却发现哽咽得说不出话来。

我皱着眉头，无比心疼地替他抚平眉头，手放在上面，才发现怎么都移不开了。

睡熟的凌皓辰蹭了蹭我的手，忽然，他如梦呓般抓着我的手，顺势站了起来。

我望着比我高出太多的凌皓辰，他闭着眼睛，慢慢地拥我入怀，然后靠在我的肩上，喃喃道："你总算看完了……"

我的手从凌皓辰的腰后伸过去，停在半空中，不知该如何是好。

"你好狠心啊。"凌皓辰埋怨着我，将手伸进我的衣兜，掏出手机，翻开联系人，把他的名字从黑名单里解救出来，再递给我。

我十分不解地看着眼前这个当什么事也没发生过的人，愤愤地接过手机，转身就要走。凌皓辰抓着我的手腕，不肯松手。

我回过头，只见他懒懒地坐在自习桌上，用力地拉着我。

"你放开我。"我冷冷道。

"不放。"凌皓辰有几分无赖。

"你到底想做什么？"我真是为凌皓辰的幼稚和事不关己感到可笑。

凌皓辰低着头，眼里闪着光，随即，他抬起头，用委屈的声音对我说："我想你啊。"

为什么？为什么要说这样的话来挽回我？为什么当初伤害我的时候那么决绝，回头来找我的时候也这么不要脸？

你明明知道我招架不住的……

"我不明白，我在你心里究竟是什么样的人……"我轻声抽泣着，"凌皓辰，我们之间已经没有关系了，是你的决绝让我们之间再也没有任何关系了，你知道吗？"

凌皓辰看着我，我不想哭的，在他面前表现得那么脆弱，好像我没有他就不能活似的。

凌皓辰凑过来，伸手揽过我的头，我在他要吻下来的时候，狠狠地给了他一耳光。

清脆的耳光声在空荡的图书室里回响。

凌皓辰顶着被我打红的脸，一脸哀怨地垂下头。

我心里后悔极了，我怎么可以下那么重的手？但是我极要面子，当即走人。

"喂！"凌皓辰在身后叫住我，随即又痛得"嘶"了一声。

"我会和穆少白公平竞争的。"

我怒气冲冲地离开了图书室。

想回来就回来，想做什么就做什么，凌皓辰，你当我是玩具吗？

可我心里明明就很高兴啊。他回来了，回来找我了，我等了两年，我等到了凌皓辰，我明明高兴得就快要飞了啊。

可是为什么我还要这么矫情地不肯见他？

那些发生过的事情，明明就不能当没发生吧。

周五的时候，凌皓辰打来电话，我没接。然后，他选择发短信："念，周六晚上6点，放肆酒吧见，我还邀请了少白跟叶子。"

玩得还挺溜的，我才不去。

周六中午，我挑着衣柜里的裙子，在卧室和客厅里来回跑："爸，我穿哪一件好看？"

纪大海边吃着薯片边看电视剧，随手一指："那件。"

我白了纪大海一眼，女人穿衣服不能靠男人的意见。我最终还是挑了一条黑色的露背高腰长裙，凌皓辰喜欢黑色，我就穿黑色。

我打车去了放肆酒吧，凌皓辰在门口接我。

刚下车的时候，凌皓辰就愣愣地看着我。我撩了撩披肩长发，笑得有些妩媚，凌皓辰一脸黑线地走过来，脱下外套给我披在肩头。

"老朋友聚个会而已，至于穿得这么露吗？"凌皓辰埋怨着，将我领进包间里。

还是当初的包间，打开门之后还是一如既往的热闹。叶子围着穆少白不停地转圈，嘴里还唱着我听不懂的英文歌。

"念子，你来啦！"叶子跑过来，给了我一个熊抱，然后诡异地看着我，轻声说道，"今天有点儿漂亮哦，这两位你是看上哪一位了？"

我无语地看着叶子，然后推了推她的脑袋，走到穆少白身边："给我一杯酒。"

穆少白给我兑了一杯洋酒，我一饮而尽。

凌皓辰走过来，夺过我手里的酒杯，说道："我从X市回来了，跳槽到CE，你们确定不一起碰杯欢迎我一下？"

"用得着欢迎吗？你回来难道不是一个噩梦？"我白了他一眼。

凌皓辰一听这话，似乎极为不舒服，开始跟我杠上了："我好歹曾经也跟你们有情有义，看在曾经的情义上，你们欢迎我一下也是再正常不过的事情了。"

"曾经已经死去了，此刻是现在。"我悠悠道。

"你……"凌皓辰语塞，说不出一句话来，只得悻悻地瞪着我。

穆少白见我们一见面就吵架，迫不得已当着和事佬："你们俩，别一见面就吵架，两年了，怎么都不成长一下？"

"坐着说话不腰疼，穆少白同学，你这句话是说我不成长，还是说你的纪青念没有成长？"凌皓辰话中带刺。

"够了。"我狠狠地瞪了他一眼。

凌皓辰"啧啧"叹息道："果然，才两年没见，更会相互保护了。"

我扶着额头，频频哀怨。

穆少白再不说话，一个人喝着闷酒。叶子在旁边一个人玩得很嗨，仿佛我们只是背景一样。

凌皓辰懒懒地举着酒杯，说道："碰个杯。"

我没好气地撞了一下凌皓辰的杯子，穆少白也很无奈地和凌皓辰碰杯。

那天，名义上是一个聚会，其实就是各怀心事、互相猜测彼此的心思罢了。

当天晚上，凌皓辰提议送我回去，穆少白没有开口阻拦，说他可以送叶子回去。叶子听穆少白要送她回去，高兴极了。

我跟凌皓辰坐在出租车的后座上，都看着旁边的窗户，中间留着一个空位子。就像是有隔阂一样，我们没有说一句话，出租车先把我送到小区的时候，凌皓辰抬头看了我一眼，眼神极为疲惫。

他说："晚安。"

我没有回应他，直接关上车门走了。

待出租车启动时，我才慢慢回头望向他离去的方向。

我终究还是舍不得。

但是我跟凌皓辰之间突然有了一条鸿沟，我在这一头，他在那一头，我们彼此看得见，却无法靠近。

再也靠不近了吧？

03

凌皓辰的确转到我们公司了，但跟我不是同一个部门。

他常常给我送许多东西，给我做好午餐，我却不想领情。

包子她们总说我是上辈子修来的福，才会有两个这么优秀的男生来追求我。如果没有曾经的那些故事，我一定能够好好选择吧。

凌皓辰，你离我那么近，但我感觉我们之间很遥远。

晚上准备关灯就寝的时候，叶子忽然约我出去欣赏月色，说她睡不着。我裹着一件披肩，就跟着她跑到了公园的湖边。

叶子拉着我一起躺在湖边，然后指着星星，从银河外说到银河内，我默默地听着，她积极地讲着。

半个小时后，我终于疲惫地开口："叶子，你到底想说什么？你说吧。"

叶子立刻扑到我身上，脸上有羞涩之意，轻声问道："那我说了啊。"

"嗯。"我闭上眼睛。

"你跟穆少白和凌皓辰是什么关系？我要详细的答案。"叶子将头靠在我的胸口。

我下意识地伸出手揽着叶子，说道："穆少白、凌皓辰，跟我、骆七七以及杨言笑，曾经是特别要好的朋友。七七出了车祸之后，杨言笑为了帮七七报仇，因斗殴死亡，我跟凌皓辰曾经是一对情侣，但因为这件事，彼此之间有了隔阂，开始分歧和自我折磨，穆少白一直是我们中间的人。"

"那……你现在还喜欢凌皓辰吗？"叶子小心翼翼地问道。

我睁开眼睛，满天的繁星也对着我眨眼睛。浩瀚的星空如同一场欲说还休又不知落子的棋局，输了的人从此不能再入局，赢了的人似乎也什么都得不到。

我慢慢地开口，声音变得沙哑起来："喜欢啊……"

叶子抬起头，怔怔地看着我，然后伸出手，指尖在我的眼角处游走：

"念子，你哭了。"

我闭上眼睛，吸了口气，继续说道："你想问的不是这个吧？"

叶子又一脸娇羞地钻进我的怀里，说道："那你既然还喜欢凌皓辰，说明你对穆少白只是单纯的朋友感情了。"

"对，他在我心里是很要好的朋友。"我心里敞亮着，无比肯定。

叶子爬起来，凑近我的耳边，轻声说道："念子，我喜欢穆少白。"

我将目光移到叶子的脸上，平时开朗大方的她，这会儿在月光的照射下，脸颊泛着红晕。

我心里忽然有一丝感动，叶子居然肯对我坦白对穆少白的感情。

我问："你想对他表白吗？"

"嗯！"叶子用力地点头，说道，"我不管他心里是怎么想的，我打算先对他表白，我开始以为你喜欢穆少白，所以心里有所顾忌，但现在没事了。现在我可以大大方方地去表白了，我没有什么困扰了。"

我微笑着拥着叶子，转身贴在她的胸口，认真地说道："叶子，我真心希望你幸福。"

"会的。"叶子搂着我，我能听见她"扑通扑通"的心跳声。

时光会让这些故事慢慢好起来的，对吧？我这样想着，也这样期待着。

叶子打算去表白的时候，约我去发廊做了个新的发型，看起来会比较女孩子一点儿。她还想拉着我去商场挑选裙子，我阻止了她。

我说："叶子，穿你最合适的。"

叶子听话地点点头，然后从自己的衣橱里挑选出了一件白色T恤衫和一条浅蓝色的牛仔背带裤。她说这样会显得气质很干净。

叶子出发前，我给她加油打气，我原以为她会胜利归来，但我等到的是叶子隐忍着哭腔打来的电话。

她在电话里说："念子，陪我去放肆酒吧喝酒。"

我一听声音不对劲，连忙拦了辆出租车就往放肆酒吧奔去。

还是同一个包间，我们都喜欢那个包间，在最角落，没有什么人会从那里路过。叶子坐在包间里，趴在桌子上，身边躺着好几个啤酒瓶。

我走过去，将啤酒瓶全部整理好，坐在叶子身边："叶子？"

"我失败了……"叶子的声音闷闷不乐。

我不知道该怎么劝解叶子。我从一开始就该知道叶子会被穆少白拒绝的，但我实在不想打击叶子的积极性，我更没有任何理由和权利对她说，叶子，你不要去表白了，你不会成功的。

这样做也不是，什么都不做也不是，这让我纠结了好久。

叶子抬起头，眼中水雾弥漫："你知道他怎么拒绝我的吗？"

我没说话，我害怕听到答案。

叶子吸了吸鼻子，继续说道："他说'叶子，对不起，我没办法接受你的心意，因为我的整颗心现在都拴在纪青念那里'。"

我刚刚伸出手想要安抚叶子，却停留在半空，不知道该放在哪里。

叶子叫来服务生，又要了几瓶酒，她用牙齿开了好几瓶，然后递给我一瓶，说道："陪我喝酒吧。"

我接过来，看着叶子，她潇洒地用发箍将头发全部别在头顶，然后仰着头，将手里整整一瓶啤酒全部喝完。

舍命陪君子，我也仰头，将瓶子里的酒喝了个精光。

喝完之后，我立即感到胃里一阵翻腾。叶子斜着眼睛看我，露着意味不明的笑容："不会喝就不要勉强。"

"我能。"我继续灌着自己，不是为了叶子，不是为了穆少白，是为了自己。

经历过那么多事情之后，我的内心变得异常敏感。因为穆少白，叶子跟我之间的关系似乎没有以前那么亲密了，连坐在一起，中间都要隔着距离。她那么难过，再也不需要靠着我的肩膀了。

我突然很难过，就像骆七七离开我的时候那样难过。

我跟叶子一起拦车回家，路上，叶子打开车窗，将脑袋伸出去，在外面大喊大叫发酒疯。我拉着她的胳膊，阻拦道："叶子，头伸出去很危险的。"

"我开心。"叶子丝毫不理会我的话，依旧在外面大喊大叫。

我感到力不从心，明明许多事情都不是我的错，为什么我要独自承担责任？

好不容易将叶子送回公司宿舍，我才感觉昏昏沉沉的。我喝酒一向都是

后劲大，别人先醉我后醉。

我跌跌撞撞地回到房间，因为太累，一倒在床上，立马睡着了。

第二天我醒来的时候，是被小优雅叫醒的。

小优雅个子娇小，声音软绵绵的，看上去就是个小可怜。所以，当她要喊我喊不醒的时候，通常都会爬到我的床上来挠我痒痒。

而我最怕痒。

当身体某处传来痒的感觉时，我打了个激灵，立即从床上蹦起来。小优雅就坐在我脚的那头，"咯咯"地笑着。

"念念，你的电话响了好多次。"小优雅将我的手机递给我。

我夺过手机，翻通话记录，有同一个号码打来的四个未接电话。

"是谁啊？"小优雅好奇地问道。

"不知道。"因为是陌生号码，所以我通常都不会去管。

我下了床，准备洗漱，这个时候，手机再一次响了起来。

我沉住气，接通了电话。

"请问是纪小姐吗？"

声音这么甜，难道是推销的？

我坏笑道："不是。"

"咦？"对方一阵疑惑，对身边的人说道，"不是病人家属啊。"

病人家属？等等，什么情况？

我立即喊道："喂，什么病人家属？谁病了？是不是纪大海啊？"

对方应道：“是的，病人的名字是叫纪大海，在家中晕倒被邻居送来的。请问你是他的女儿吗？”

“我是！”我急忙说道，“你们是什么医院？”

“第一医院。”对方回答道。

我立即挂了电话，拜托小优雅给我请假，然后火急火燎地乘着公交车往第一医院赶去。

纪大海，你可是我在这个世界上唯一的亲人了，你千万不能有什么事，否则我真的不知道怎么活下去。

公交车上，一想到会有不好的事情发生，我就忍不住红了眼眶。多少次不是因为自己的原因而顾家太少？我失去的已经够多了。

等到了医院，我问到了纪大海的病房，便不顾一切地跑过去。

等我气喘吁吁地进入病房的时候，只见纪大海正坐在床头大口吃着不知道哪里来的豪华套餐盖码饭。

我悬着的心一下子坠入深渊，额上的汗珠已经不受控制地掉了下来，我嚷道：“纪大海，你吓死我了！你没事晕倒干吗？你还好吧？”

纪大海一脸抱歉，说道：“就是查出来有些贫血，没什么大碍。怎么？担心我了？”

“你是我爸，我能不担心吗？你都快吓死我了。”我埋怨着坐到纪大海身边，然后将头靠在他的肩膀上。

方才因担忧而隐忍的眼泪，在这一刻再也抑制不住了。想到纪大海，想

到凌皓辰，想到骆七七，想到叶子，我心里更加委屈起来，忍不住哭出了声。

这个自小到大从来不会安慰我的纪大海，在方才抬起手，轻轻抚摸着我的后脑勺，柔声说道："哭吧，爸爸的肩膀就是给你用的。"

话音落下，我内心触动，眼泪泛滥成灾。

我 的 城 市 将 暗 淡 无 光

Chapter 10

第十章

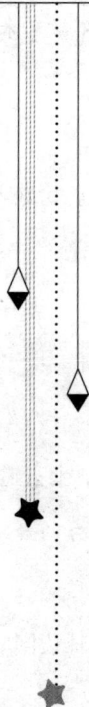

◆

如果说我的世界是一片灰色的话，凌皓辰就是这片灰色里唯一一抹色彩，我只需要看着这片色彩，就能勇敢地活下去。但是此刻，这抹浓烈的色彩突然淡了，让人迷失了方向，分不清未来与过往。

01

自从上次跟叶子在酒吧分开之后，她就再也没有来找过我。最后一次找我的时候，是来告诉我要辞职的事情。

我当时在洗手间洗衣服，手上还沾着洗衣液。见叶子来告诉我这个消息，我急忙冲干净双手，然后在身上抹了抹，不解地问道："你辞职做什么？"

叶子有些无奈，说道："打算北上去追求自己的舞蹈梦啊。"

"我从小的梦想就是当一个优秀的舞蹈家，穿着漂亮的裙子在聚光灯下跳舞，多美啊。"

骆七七曾经说过的话忽然在我耳边回响起来。我问叶子："一定要北上去寻找舞蹈梦吗？一定要辞职吗？"

"嗯！"叶子点点头，说道，"我爸爸已经帮我联系上了B市那边的舞蹈学院，我想去参加考试，况且……"叶子吸了口气，有些强颜欢笑，"况且离开这个伤心之地，我才能重新开始。"

我明白叶子的心情，没有再追问下去，便问起了她离开的时间。

"下周三下午6点的飞机。"叶子轻松地说道。

"真的？"我问道。

叶子"扑哧"笑出了声，说道："我又不是骆七七，干吗要骗你？"

我苦笑道："到时候我去机场送你。"

"行啊。"叶子无聊地在我的宿舍里左转右转，说道，"我就是来跟你说一声……没别的意思。"

"我知道了。"我淡淡地应道。

"那我就先回去了。"

我点了点头："嗯。"

见我不多说话，叶子离开了。

关于离别，我经历太多，任何生离死别，每一次都会在我的心里烙下很深的伤口，以至于终于有一天开始变得麻木了。

天下没有不散的筵席，我们每个人都要学着放下和失去。

话人人都会说，道理人人都懂，但是又有多少人能够做到？

叶子走的那一天，下着不大不小的雪。她戴着浅灰色的帽子，对着我卖力地笑着，以至于我没有发现她笑容背后的忧伤。

"去了那边后，你会认识新的朋友。"我说，"你记不记得我，我不介意，但是，我真诚地希望你过得快乐。叶子，你很像七七，所以最初我不想

与你交心，但现在，我们彼此已经不能说'不能'的话了。"

"我明白。"叶子伸手抱着我，往我身后看了一眼。

我说道："他没有来。"

叶子微微一笑，说道："我不是在等他。"

叶子说完，提着皮箱就进了候机厅。她走得很快，没有丝毫停留，没有回头，什么都没有，潇洒且果断地走了。

我站在原地良久，直到飞往B市的飞机从我头顶掠过，我才慢慢回过神来。

叶子也走了。

我失笑，手指缠着包上的流苏，都走了，生命里又只剩下穆少白跟凌皓辰，一个我不想伤害，一个我不愿辜负。

但是，如果真的只是离开，那该有多好。

第二天中午，我在公司食堂吃饭，耳边忽然传来电视机里的主持人的声音，提到了A市飞往B市的飞机。

我立即站起来，跑到电视机前，只见那上面赫然写着几个大字："昨日18:49分，CI9171客机因天气原因而坠毁，无一人生存。"

CI9171？我的身体从里到外感到一阵冰凉，我急忙掏出手机，查询昨天晚上六点整的客机到底是哪个航班。

我颤抖着手，眼泪簌簌地落在手机屏幕上，屏幕上跳出来的一行字让我有些窒息。

CI79171······就是叶子坐的那架飞机啊！

"叶子······"我张大嘴巴，喉咙像是被谁的手扼住了一般，急促地呼吸着，却又倍感压抑。

我连连后退，一下子跌倒在地上，旁边的同事吓得惊叫起来。

"小姐，你没事吧？"一个关切的声音传来。

我茫然地摇摇头，从地上爬起来。周遭的人像是幻影一般在我眼前重叠，我寻不清方向，跌跌撞撞地穿梭在人群里。

"叶子······叶子······"我念着叶子的名字，眼泪不受控制地往下掉。

忽然，一个人朝我张开双臂，我像是看见救命稻草一样，连忙扑上去抓住了他。他将我紧紧地搂在怀里，然后柔声说道："不要去想，不要去想了······"

我贪婪地吸吮着他怀中的气息，然后缓缓抬起头。透过模糊的视线，我看到了他棱角分明的脸庞。

凌皓辰······

我轻轻呼唤着他，一头埋进他怀里，不省人事。

我就像是做了一个很长的梦，梦里的我看见了骆七七，也看见了叶子。我跟她们介绍对方，她们的笑容是那么天真无邪。

忽然，我与她们之间升起一道光芒，极为刺眼，等我反应过来的时候，我就已经看不见她们了。

"七七······叶子！"我惊呼着，伸出手，在地上抓了个空。

我浑身一阵疼痛，这才慢慢醒来，刚才因为这个噩梦，一下子从床上摔

到了地上。

门外传来急促的脚步声，我抬起头，凌皓辰跑了进来，关切地问道："怎么了？做噩梦了吗？别怕啊。"说完，他搂着我，轻轻地拍着我的后背。

我靠在凌皓辰的肩上，默不作声，方才的恐惧还在我的心里盘旋。

好一会儿后，他哄好了我，低头问道："念，你饿不饿？"

我坐起来，疑惑地看着他。

凌皓辰一脸得意的模样，说道："我做了爱心晚餐，特别香。"

我听着，眼泪涌了上来。

我如同一个失去心爱玩具的孩子一样嘟着嘴，极不情愿地想哭。

"不吃不吃，咱们不吃就是了。"凌皓辰连忙来哄我。

可是哄不好啊。

叶子已经去世了，而且是尸骨无存。叶子才25岁啊，这么好的年华里，她还要去追寻自己的梦想。

为什么？为什么每次都是这样？难道接近我的人真的都会被上天夺走梦想与生命吗？

"念……"凌皓辰轻轻地呼唤着我。

"你别管我！"我没好气地冲凌皓辰吼道。

218

是的，你们都别管我，你们一接近我，都会发生不好的事情。杨言笑说得没错，我就是个扫把星，讨人厌的扫把星！

我挣开凌皓辰，不管他在后面怎么唤我，我都无动于衷，跑得异常快。

都离开我吧，不要再靠近我了。

叶子的死让我断了所有联系，在漆黑的房间里待了整整一个礼拜。

我出去的那天，有些睁不开眼。纪大海说我就像是一个被关进小黑屋七天的人一样，没精打采，骨瘦枯黄的。

待在家里的七天，我想通了很多事情。

正好我出去的那一天是叶子的葬礼，叶子的爸爸因为工作还没有交接，所以晚了两天出门，但是他还没出去的时候，就听闻了妻女的噩耗。

我来到叶子的葬礼现场，凌皓辰和穆少白也在。

这天下起了绵绵细雨，我撑着黑色的雨伞，像是被遗失在世界的孤草一样。

祭拜完了叶子，我就离开了那个地方，有可能是永远离开。

凌皓辰和穆少白跟在我后面，直到我们在岔路口分开，都没有说一句话。

在CE的第三年，穆少白给我报告了一个喜讯，说是在一家国企签到了一份足够买栋小洋房的合同。

"恭喜。"我微笑着对电话里那头的穆少白说道。

穆少白也笑了笑，没有多说，然后问我："周六阿辰有场比赛，一起去为他加油吧。"

我沉默了几秒钟，说道："把地址和具体时间发给我。"

挂了电话一分钟后，我就收到了穆少白的短信。

周六，我打扮得简单得体，先是约上了穆少白，然后一起去了凌皓辰比

赛的地方。

凌皓辰的摩托车还是那辆火红色的。

我坐在观众席上，看着前面为比赛欢呼加油的女生，仿佛看见了骆七七。

我忍不住笑了，指给穆少白看，说："你看，之前我第一次来看凌皓辰比赛的时候，骆七七和杨言笑就站在那个位置，当时的加油声中，就数他们俩的声音最大了。"

穆少白微笑着说道："当时我们也是坐的这个位置。"

我感慨道："时间过得真快，那个时候你还是学生，现在都已经毕业工作了。"

穆少白笑道："那个时候你不也还是个黄毛丫头？现在都已经出落得这么水灵了，别人都说岁月是把杀猪刀，我看在你这里是把美容刀。"

我被穆少白逗笑了，没再说话。

今天阳光很好，心情也很好。

忽然，一只手覆上我的手背，然后轻轻握住。

我心里一慌，连忙将手抽了回来。

穆少白的眼神黯然，默默地将手收了回去。然后他一直垂着头，我看不见他的眼神，也看不见他的表情。

凌皓辰一如既往地坐了冠军的宝座。

当他领了奖过来找我们的时候，把手里的鲜花递给我："粉丝送的，给你。"

我没有接，偏过头，问道："你还有粉丝啊？"

"那可不？"凌皓辰在我旁边坐下，说道，"我微博的粉丝有400万好吧。"

"僵尸粉吧。"我说道。

"那也好过你只有250个粉丝。"凌皓辰气愤地将鲜花砸在我怀里。

"要举办庆功宴吗？"凌皓辰问道。

"要。"我和穆少白异口同声地说道。

如此默契让我有些尴尬，凌皓辰倒没有看出来，拍拍胸脯说道："广场吧。"

那一顿饭，我和穆少白足足宰了凌皓辰好几百块，凌皓辰在付账的时候，指着我和穆少白骂了整整半个小时。

02

不久后，公司举办圣诞晚会。

晚会那天，我们部门被拥有公主情怀的老大拉着表演了一个所谓的浪漫爱情故事。

是骑士拯救公主的故事。

从前，有一位漂亮的公主，出去玩耍的时候遇见了恶毒的老巫婆，老巫婆嫉妒她的美丽，便给她吃了有毒的红苹果。结果，公主吃了苹果就昏死过去，路过的骑士看见公主，忍不住上前亲吻了她，公主就被骑士救活了。

这种抄袭《白雪公主》的童话故事真是非常棒，我相信安徒生醒来一定

会要了她的命。

可爱的老大指着我说："纪青念，你来扮演公主吧，我们部门女生少，就数你最漂亮。"

"哦。"我在一旁淡淡地应道。

若不是因为凌皓辰和穆少白也会参加，我才懒得参加这种幼稚的话剧排演。

但是，令我没想到的是，骑士这个角色居然是穆少白来演。可爱的老大说，纵观全公司男生，只有穆少白适合骑士这个角色。

她还让我知足，说被穆少白吻是何等的荣幸。

第一次排练的时候，我老是出状况。穆少白就会很耐心地帮我解释这种戏感，我偷偷问穆少白："这么幼稚的游戏，你也玩得这么开心？"

穆少白压低声音说道："为了不辜负别人的好意。"

我继续吐苦水："我5岁就会写这种故事了。"

穆少白也附和道："我从小学一年级开始出演的就是骑士……"

"两位主角，在聊什么，那么开心？最后一场了，纪青念，你躺床上去，穆少爷，你准备好台词要救醒公主了。"

我和穆少白准备就绪。

我躺在铺满玫瑰花的床上，耳边传来穆少白深情又肉麻的情话，然后，我感觉到穆少白压了下来。

不会要真的亲吻吧？

我吓得睁开眼睛，一只手抵在了穆少白的胸口。

"纪青念，你干什么？"导演老大发话了。

穆少白轻声说道："相信我。"

我皱着眉头，思考了一会儿，最后豁了出去。

穆少白戴着骑士手套的手掌贴着我的脸颊，然后将大拇指按在我的嘴唇上。他慢慢俯下身，柔软的双唇贴在他的手指上。

我能感觉喷在我唇边的热气，穆少白久久未离去。

"纪青念，你该苏醒了。"老大在旁边提醒。

我慢慢地睁开双眼，穆少白的脸在我眼前放大。他闭着眼睛，将嘴唇慢慢地从他的手指上移开。

圣诞晚会上，我沉睡在铺满玫瑰花的床上。

穆少白念完誓言，双手捧着我的脸。然而这一次，他没有用大拇指抵住我的双唇，我的心扑通扑通跳着。穆少白就要亲下来了，怎么办？

我心里开始慌乱起来，开始躁动不安起来。

忽然，台下响起一声大喝："等一下。"

我惊讶地睁开双眼，穆少白的脸就在我的眼前。

叫停的是凌皓辰，他奔上台来，对穆少白说了句抱歉，然后扶我起来，骂道："还不走？是不是蠢？"说完，他抓着我的手腕，带着我逃离了晚会现场。

我身后一片哗然，我看不见观众的表情，更看不见孤零零地站在台上的穆少白的表情。

我只看得见凌皓辰的背影。

凌皓辰拽着我一口气跑出好远，大街上人来人往，目光全部被吸引过来。

"凌皓辰！"我甩开凌皓辰的手，有些窘迫，"你干什么？"

凌皓辰喘着气，说道："我不想让穆少白亲你。"

我有些不自然，躲避着四周人的目光，低声说道："可你这样会让我很丢脸，让穆少白很难堪。"

"那我不管，我都没亲过你，他穆少白凭什么要亲你？"凌皓辰此刻简直就像一个无赖。

我恶狠狠地盯着他，双手叉腰："你敢说你没有？"

凌皓辰抬头看着天，说道："那次不算。"

"莫名其妙。"我啐了他一口，转身往回走去。

凌皓辰一把拽住我，问道："你还想回去啊？"

"我不回去怎么办？那里还有那么多人等着呢。"

"不行！"凌皓辰站在我面前，张开双臂拦住我，理直气壮道，"我不让你回去！"

"为什么？"我不解。

"不为什么。"凌皓辰说道。

真幼稚，一股怒火从我的胸腔里往上涌，我紧锁着眉头，说道："凌皓辰，你不是小孩子了，能不能不要这么幼稚啊？你都已经是26岁的人了！26岁！"

说完，我又往旁边跨了一步，凌皓辰果断拦住我，目光坚定。

"让开。"我冷冷道。

"你要想过去，就从我身上踏过去吧。"

我站着不动，紧紧地盯着他。

凌皓辰张开的手慢慢地放了下来，他偏过头，说道："我不想再错过你了。"

"你说什么……"我的心微微颤动。

凌皓辰转过头，深深地看了我一眼，认真地说道："我说，我喜欢你，很喜欢。我也曾想忘记你，但是我做不到，太难了，比考一所大学都难，比让我原谅那该死的校主任，原谅害死杨言笑的阿龙都难。我没有办法，我翻了好多书，找了好多网页，我想知道怎样才能忘记一个人，但是我发现这些根本是徒劳，因为……"他拉起我的手，放在他的胸口处，"你在这里生根发芽了。"

我抽回手，转过身，不想让凌皓辰看到我的眼泪。

凌皓辰笑了笑："念，你这几年，你问问自己，你忘了我吗？你能忘得掉吗？"

"有什么忘不掉的……"我紧紧地握着拳头，忍着哭腔说道。

我愤怒地转过身，狠狠地瞪着凌皓辰，哭道："我为什么忘不掉？你说我记得你有什么好啊……你从来都是这样，每次都走得那么决绝，你知不知道，你每一次的背影对我来说是多大的伤害，你甚至还劝说我去接受别人。凌皓辰，你在我心里已经塞得满满的了，我到底要怎样去接受别的人啊？"

或许是情绪失控，我将这几年的委屈和思念通通发泄出来。说出来之后，我的心里无比畅快，却又异常疼痛。

凌皓辰急忙摇摇头。

"不是这样的，不是的……"

凌皓辰霸道地搂过我的肩膀，一只手托着我的后脑勺，吻如雨点般压了下来。他的眼泪顺着脸颊流进了我的嘴里，咸咸的。

我愤愤地推开凌皓辰，打了他一巴掌。

凌皓辰皱着眉头，再次将我搂入怀中，疯狂地吻了下来。他似乎将多年的不甘和想念全部融在了激烈的亲吻之中。我无力挣脱，被他牢牢地圈在怀里。

渐渐地，我有点儿贪恋他唇间的温柔，但是理智告诉我，我不能这么做。

我睁开眼睛，发现路人正惊讶地望着我们。

我使出全身力气，将凌皓辰推开，然后转身跑过了马路。

"念！"凌皓辰在身后叫着我。

我刚想回头叫他快些回家，却在回头之际听见了响彻天际的碰撞声。

我整颗心犹如被掏空了一般，缓缓回头，凌皓辰的身体高高飞起，然后跌落在另一辆小轿车上，转瞬又被弹出去，滚落在地，被一辆来不及刹车的面包车撞飞好几米。

我望着乱成一团的马路，忘记了走路，忘记了呼吸，忘记了该干什么。

怎么可能？明明我的唇上还留着他的温度。

我望着那辆蓝色的车子，突然感觉很压抑。

车顶留着殷红的鲜血，地上也有一些血红的印子。

前面围着一群人，在指指点点说着什么。

我整理好衣服，然后拍拍脸颊，微笑着说道："凌皓辰，我这就过去你那里，等会儿我过去的时候，你要从地上爬起来，跟我说和我开了个玩笑。"

我长长地吁了口气，然后睁大了眼睛。

可是睁大了眼睛，眼泪还是会掉落的啊。我看不清路了，我看不清前面的行人了，我什么都看不清……

凌皓辰，你在哪里？

我跪在地上，手机因为握不住直接掉在地上。我连滚带爬地扑过去，挤进人群里，看见他躺在血泊里，面目全非。

03

"嘀嗒嘀嗒——"墙上的时钟在一步一步走着，身后有人给我披了件衣裳。

"凌皓辰！"我猛地惊醒，发现凌皓辰还躺在床上，旁边仪器上的心电图虽然微弱，但好在还在跳动。我松了口气，累倒在床上。

穆少白走到床的另一边，问道："今天还是没有什么动静吗？"

"嗯。"我点点头，伸手抚上凌皓辰的眉头，问道，"怎么都三个月了，他的眉头还是这样皱着啊？抚都抚不平。"

　　穆少白给凌皓辰捏着胳膊和大腿，说道："可能是肌肉僵硬了吧。"

　　我担心地问道："那是不是皓辰醒来之后，会因为肌肉僵硬而不能活动啊？"

　　"所以现在要每天给他按摩。"穆少白说道。

　　我点点头，帮着穆少白一起给凌皓辰捏身体。

　　我边捏边说："皓辰，我奶奶说，外星球超人还会再回来的，你别急，我可以等。"

　　中午，华叔和纪大海也来了。纪大海带来了鸡汤，给我盛了一碗。

　　我用汤匙舀了一勺，递到凌皓辰的唇边："皓辰，喝汤。"

　　纪大海忙说："皓辰不能吃东西，这个鸡汤是给你带的。"

　　我将鸡汤喝进嘴里，然后俯下身亲吻凌皓辰，将鸡汤递送进他的唇齿间。

　　"青念！"穆少白过来拉着我的手。

　　我抬起头，一脸委屈："少白，皓辰怎么不吃东西啊？"

　　穆少白的眼中闪过一丝惊恐，他紧紧地抓着我的胳膊，问道："青念，你没事吧？"

　　"我没事啊，你们怎么了？"我看着一脸担忧的三个人，觉得有些好笑。

　　华叔走过来，劝说道："青念啊，你回去休息休息吧，你都一个多月没好好休息了。"

　　"不行。"我的头摇得如拨浪鼓一般，"我要等皓辰醒来，我怕他醒来看不见我，他会害怕的。"

穆少白走到我身边，撩起我的刘海儿，微笑着说道："可是青念，你现在因为没有休息好很憔悴，所以必须回家休息，不然皓辰醒来看见你这么憔悴，他也是会心疼的，不是吗？"

也对，还是穆少白说得有道理。

我点点头。

穆少白提议送我回家，我答应了。

到了家，我一个人呆呆地坐在沙发上，说道："穆少白，你能不能不要走？我一个人害怕。"

穆少白在我对面坐了下来，担心地看着我："我不走，念，你没事吧？我看你有点儿不对劲。"

"我没事。"我说完，泪如雨下，"就是想念凌皓辰了。"

穆少白低着头沉默不语，不知该如何安慰我。

我突然问道："穆少白，你说有平行世界吗？"

穆少白怔怔地看着我，说道："你希望有的话，就会有的。"

"真是这样就好了。"我笑道，"这样的话，在我们的平行世界里，有另一个我，有另一个凌皓辰，还有另一个你、骆七七、叶子。在平行世界里，他们过得十分快乐，那里没有伤痛，没有死亡。"

"念……"

我低声笑着："我知道不可能，我只是幻想罢了。"

穆少白站起来，将我扶起来："先回房间休息一下吧。"

我机械地跟着穆少白回了房间，穆少白给我盖好被子，轻拍着我的头，说道："乖，听话，睡觉吧。"

我睡不着，说道："穆少白，无论是哪一天，只要我等到了凌皓辰，我就打算嫁给他。"

穆少白的手停在我的头顶，末了，他缓缓笑道："那一天我会去参加你们的婚礼，我会祝福你们。"

得到这样一句肯定的话，我才安然入睡。

我看不见穆少白心底的眼泪，或许是我害怕去看。

那是凌皓辰出事之后我睡得最好的一觉。我做了一个很长的梦，有一个世纪那么长。梦里，我穿着洁白的婚纱，被纪大海牵着，将我的手放在了凌皓辰的手里。

凌皓辰成为植物人的第四个月，穆少白来跟我告别，他说他要去一趟日本，去那边进修，不知道以后还会不会再回来。

我刚想说要不要送穆少白去机场，但一想到叶子的事情，我就没有说出来。

我说："一路顺风。"

穆少白点点头，对我说："皓辰醒了就给我打电话。"

"好。"我点头应道。

穆少白直接去了机场。他在我们家的信箱里留了一句话：我选择放弃，青念，你要幸福。

那张明信片是我后来才看到的。

一年后。

我已经在医院里待了一年，凌皓辰也昏睡了一年，丝毫没有动静。

我凑近凌皓辰耳边，给他讲着故事："凌皓辰，你想不想知道你出去工作之后，那几年我是怎么过的吗？你知道我为什么不接你的电话吗？要是时间可以重来就好了，这样我就可以接听你的电话，跟你多讲几句话，或许那个时候我们就能敞开心扉，解除误会，重新在一起了，对不对？"

我当凌皓辰在认真听，继续说道："你都不知道我有多想你，但是我什么都不能说，憋在心里很难受。你说得没错，我们之间错过太多时间了，所以你要答应我快点儿好起来，好不好？"

我替凌皓辰捶着大腿，说道："你呀，华叔现在年龄大了，你就只有我了，知不知道？你要快点儿醒来，不然我就被别人抢走了。我可不想跟别人走，因为喜欢你，我心里只有你，除了你，我不想跟别人在一起。皓辰，我……"

我停下动作，愣愣地看着凌皓辰的脸。

那是什么？他的眼角流着泪吗？

我连忙凑过去，真的是泪！凌皓辰流泪了！

"医生！"我急忙大喊道，"他……"

我的声音戛然而止，我分明看见心电图剧烈地转了几下，然后成了一条直线……

医生听到喊声，匆忙赶来，见到这个情况，立即进行抢救。

两分钟之后，心电图还是没反应。

医生取下口罩，走到我面前，遗憾地说道："节哀吧。"

节哀？我忍不住笑道："真搞笑。"

医生叹了口气，走了出去："坚持了一年啊，唉。"

我关上门，走到凌皓辰的病床边，看着他眼角的眼泪，我上前亲了一下。

我脸上的笑容僵住了，是身体凉了吗？

我赶紧给凌皓辰盖好被子，然后趴在他身上。强烈的恐惧感从我心里升腾而起，凌皓辰身体的凉意透过被子，传到了我的骨头里。

我站起来，没有哭。

凌皓辰，你知道吗？你在我灰暗的世界里是一抹浓烈的色彩，现在，这抹色彩不见了，我心里一直小心翼翼呵护的城市，在你流泪的那一刻崩塌，从此暗淡无光。

我 们 在 不 停 地 遗 忘

Epilogue

尾声

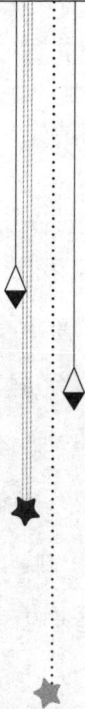

✦

　　阳光透过木格子的窗户洒落下来，我坐在窗前看着骆七七从遥远的地方发来的邮件。

　　"念子，我现在已经可以像正常人一样走路了，你看，这是我老公，这是我的宝宝，混血哦，可爱吧？嘿嘿，念子，我以后可能都不会再回国了，你要保重啊。"

　　"知道啦。"我轻声说道。

　　教室后方突然传来了一阵哭声，我连忙站起来，走过去哄着哭泣的小女孩，指着对面调皮的男孩说道："乐乐，都跟你说了多少遍，小雅是女孩子，你要让着女孩子，不能欺负她，知道吗？"

　　乐乐舔了舔嘴唇，说道："知道了，老师。"

　　我好不容易把小雅哄好，大力又从外面急急忙忙地跑了过来。

　　"老师，有个人要见你。"大力气喘吁吁地说道。

　　我抱着小雅走过去，正诧异是谁呢，突然看见了白浅。她一头齐耳短发，正笑意盈盈地看着我。

　　我放下小雅，招呼着孩子们各自去玩，然后走到她身边。

白浅神采奕奕地说道："纪青念，好久不见。"

"好久不见。"我礼貌地回应。

白浅是来给凌皓辰祭奠的，顺道过来看看我。我陪着她去花店里买了花，来到了凌皓辰的墓前。

白浅将鲜花放在墓碑前，看着墓碑上笑得一脸灿烂的凌皓辰的照片，说道："皓辰，我来看你了，很抱歉，没能见到你最后一面。"

"他不怪你。"我替凌皓辰回答道。

白浅笑道："你还是老样子。"

"但你变了。"我笑着说道。

白浅笑道："能不变吗？以前太过年轻，太过轻狂，以为自己就是全世界。长大后才发现，我们不过是宇宙里的一粒尘埃罢了。"

"能有这样的觉悟挺好的。"我打趣道。

白浅也不介意我的话，说道："人总是要有觉悟的，对了，你现在就在这个小山村教书吗？"

我点点头，说道："这里是我和凌皓辰第一次见面的地方，我想记住最美好的那一刻。"

白浅赞同地点头："我很欣赏你，敢爱敢恨，敢想敢做，不像我，现在即使长大了，也只能乖乖听父母的话去相亲。"

我没有再说话，带着白浅在我们的小县城逛了一圈。

白浅出狱后，感慨颇多："还是这种地方好，亲邻关系好，而且还不

吵，也没那么复杂。"

我带白浅来到一家小面馆，说道："复杂的不是地方，而是人心。要不尝尝这里的招牌牛肉面？只要五块钱一碗，味道特别好。"

白浅点点头，来了一碗。

在吃面的过程中，穆少白从日本打来电话了。

我按下免提键，问了他的现状，他回答我，现在一切都很好，很顺利。他在日本认识了一个中国女孩，现在在追她，马上就要成功了。

"是吗？那恭喜你了。"我由衷地祝福道。

穆少白在那边说："念，你有合适的也一定不要放手，知道吗？"

我转移话题道："你知道我现在跟谁在一起吗？"

"谁啊？"

我把手机递给白浅，白浅拿着手机，喊道："少白哥哥。"

穆少白在电话那头沉默了好久，才百感交集地说道："好，真好。"

吃完牛肉面，我将白浅送到了县城汽车站，然后回学校上课。

晚上下班，我回了老家，家里亮着暗黄的灯光。我推开门，一阵饭香扑鼻而来。

我看见藤条编织的桌上放着很多美味可口的佳肴。

我回头问纪大海："纪大海，你的厨艺又见长了啊。"

"嘿嘿，那你就多吃点儿。"纪大海从厨房里走出来。他胖了一些，却很健康。

我忽然看开了很多事情。

我的青春在那一座小城中逝去，我的人生其实才刚刚开始。

生命中，我们必须失去一些，很庆幸当我们逐渐懂的时候，最爱的人活在心里，最亲的人活在身边，这就够了，不是吗？

《尘埃花海》 终极大测试！
你会是书中的哪个人物呢？

Q:如果有一天，你来到悬崖边上，只有一座破旧的独木桥可以到达对面，但是独木桥的尽头被迷雾笼罩着，这时候你的选择是……

A.因为恐惧和不确定而没有继续往前走，原路返回。
B.想象着迷雾背后会有美好的景色，鼓起勇气走过独木桥。
C.自己不敢过去，还破坏独木桥，也不让别人通过。

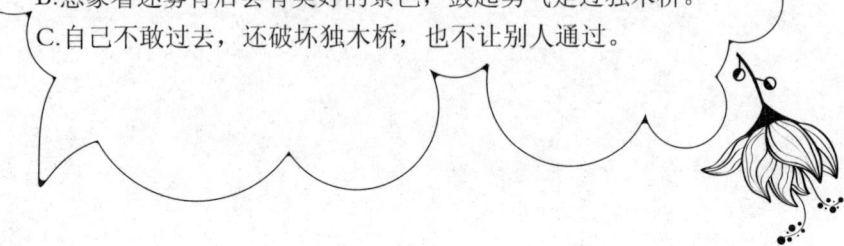

答案：

A 陈初寒（胆怯温柔型的girl）
你是一个内心温柔但不够勇敢的女孩，如果喜欢上一个比自己优秀很多的男生，会产生强烈的自卑感，只会把心事藏在心底里，默默地喜欢。但是你的善良温柔一样是很好的品质，相信总有一天你会遇到那个欣赏你的人。

B 唐时（勇敢无畏型的girl）
本书的女主角唐时，是个一腔孤勇、信念坚定的少女，不惧黑暗，一路勇往直前。和她做出同样选择的你，一定也是一个充满勇气的女孩，遇到爱情不会退缩，将会努力争取，相信冲过迷雾就有好风景。

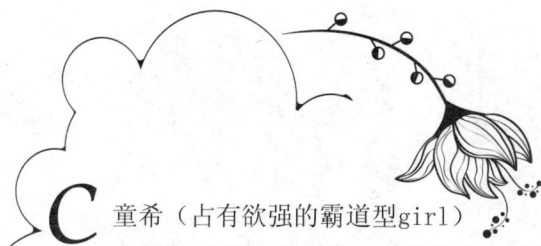

C 童希（占有欲强的霸道型girl）

本书的反派角色童希有时候挺遭人痛恨，但其实，她对爱情的执着和霸道也是她身上的闪光点。在很多人还在为表白犹豫的时候，她已经如同一个英勇的女战士，拿起武器护卫自己的爱情。但是切记，如果对方真的不爱你，还是早点放手，否则痛的是自己。

她是尘埃里开出的花，是浴火重生的蝴蝶。

而他则是亲手把她埋入尘埃、葬入火海的人。

两年之后，她在绝望中涅槃，带着仇恨的烈火归来，要把伤害过她的人一一推入深渊。

然而，仇恨渐渐被温情融化，而真相也一点点在抽丝剥茧中显露。

她猛然醒悟，她的仇恨原来不过只是一场浮梦，可这时，一切已经奔赴最惨烈的结局……

悲恋天后锦年
用最锋锐的笔调，谱写一曲最绝望的恋歌——
《尘埃花海》

为什么我会突然往下掉?

完蛋了!

这是空间旋涡,墨莉夏!

掉进空间旋涡的人,会从奥林匹斯山坠落到人类世界!

①

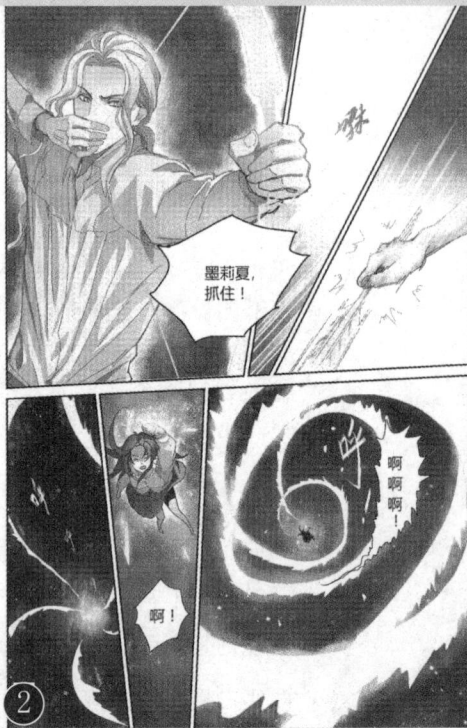

墨莉夏,抓住!

啊啊啊

啊!

②

③

?

这里是……

难道……我已经被时空旋涡带到了人类世界?

电视

④

……这,这到底是什么东西啊?

喂,莫俪夏,你这是在干什么?

为什么把吊针给拔了?

你……怎么会知道我的名字?

3月18日　　　雨，微风，有点冷

课间休息的时候，女生们讨论着转校生。虽然在我看来，这并不是什么了不起的事情，估计那些女生漫画看多了，觉得转校生一定会与自己发生一些浪漫的事。

尽管我非常不想知道，但因为那些女生一整天都在讨论那个转校生，我还是被迫记住了他的名字——夏树。

3月29日　　　晴，微风，暖暖的很舒服

教室前面那棵好大好老的樱花树开花了，阳光懒洋洋地从窗户照进来，晒在脸上很舒服。

下午第二节课是政治课，我最头疼的科目。

我用书撑着桌面，看着窗外的樱花，发现在花间粗粗的树干上，竟然有个人坐靠在上面。

那是个穿着白色校服衬衫的少年，修长的双腿，一条支在树干上，一条随意地垂着，樱花花瓣落了一片在他脸上。

啊，那是夏树同学，我知道他，那个引起全校女生关注的转校生。

上课时间爬到树上睡觉，夏树同学还真是奇怪。

4月6日　　　雨，大风，很潮湿

上地理课的时候，隔壁班教室传来一阵喧哗声。

是那个奇怪的转校生夏树又做了什么奇怪的事吧？

下课的时候，听班上女生说，那家伙竟然把流浪猫塞进衣服里，带到学校来上课，被老师发现了，就带着流浪猫跑掉了。

真是个奇怪的家伙，他不知道学校禁止带宠物来上课吗？

说起来，那家伙好像根本不害怕老师……

9月1日　　　多云，微风，很热

新学期开学了，今天的夏树同学也在任性地活着呢。

说起来，一个暑假没见到那家伙，他似乎长高了一点。

开学第一天，他竟然带了一盆仙人掌来上课。

为什么是仙人掌？仙人掌有什么特别的意义吗？搞不懂。

12月28日　　　阴，微风，很冷

今天的夏树同学也精神抖擞地发着疯……

2015年

9月1日　　　晴，大风，很热

升上高中啦，夏树同学竟然和我上了同一所高中，并且还在我隔壁班级。

邻班的夏树同学，会不会比初中时稍微收敛一点他奇怪的举动呢？毕竟是高中生了……咦，我为什么要关心这种问题？因为在学校里太过无聊，观察夏树同学的奇怪举动，已经成为我的日常生活了吗？呃，要是他变得正常了，我应该会有点小小的失落吧，毕竟那是唯一的乐趣了。

不过好在，今天的夏树同学，奇怪的举动还在继续。

《遇见你的小小幸运》希雅 著

那些不经意的遇见，从来不是什么偶然，他不过是恰好在那里看着我，而我恰好抬起头看到了他。
在那些目光交错的时光里，我在人群里寻觅着他，他同样在寻觅着我。
却因为年少脆弱的心脏，不敢向喜欢的人说一声"喜欢"。

HEART,
心若向阳不惧悲伤
SUNNY

"微语星芒"系列专访

年底聚餐，难得一见的作者们齐齐现身。
哇，这可是难得的八卦机会啊！编辑我迫不及待地凑到作者们那一桌，挖掘第一手的创作资料！
这一挖不知道，一挖还真挖到宝呢！

有幸被编辑逮到的是我们的**悲情小天后奈奈**和**暖萌小公主希雅**！

2015年，奈奈可勤奋了，一口气上市了《你的微笑，我的心药》、《致最美的盛夏》、《晴空2》等好几本故事精彩、装帧精美、叫好又叫座的畅销书。那么，在2016年，她又会有什么样的写作计划呢？

奈奈
NANA ZHU

█奈奈： 关于写作计划嘛，前阵子一时架不住奈米们的热情，在微博答应了会写《晴空3》，虽然故事还没开始构思，但是既然答应了，我是会做到的啦！在这之前，大家可以先看《晴空2.5》，呃，不，《晴空·穹顶之上》……哈哈哈，写《晴空2》的时候，我就特别喜欢里面的大少爷徐珏，当时就想把他拿出来狠狠虐一把，果然，这个愿望终究被我自己实现了！此处是不是应有掌声？（编辑尴尬地拍了两下手：老大，求你了，虐得我们心肝脾肺肾都痛了，你还这么开心？）当然，2016年也不会全部都写悲情文啦，前阵子无意中看了一部讲精神科医生的韩剧，又推荐给了希雅看。我们俩讨论剧情的时候，我突然爆发出一个灵感，那就是要不要来写个关于心理学的"烧脑"文？

305/287 50mm/118 LENS

微语星芒系列

希雅 XIYA ZHU

｜希雅： 就是说啊，为什么不呢？奈奈一直在走悲情系，而我一直走暖萌系，这种"烧脑"系还都没尝试过呢！我们俩火花一碰撞，这前所未有的"烧脑"姐妹文——"微语星芒"系列就诞生啦！奈奈的叫《心若为城·寒星》。心若坚守的城，也为你割地称臣，是不是一听还是有点悲情风格呢？放心吧，这本绝对不是以悲情为主，而是以"烧脑"为主哦！我的则叫《心若向阳·微芒》。心若向阳，不惧悲伤，还是很温暖的书名吧？大家要不要期待一下，暖心的清新故事如何"烧脑"？哈哈哈，保证你们看完之后IQ提高50分！

（编辑欢呼：真的吗？那我一定要看！好期待，好期待！）

《记忆中的暖夏》　《在日落的海边青春没有地平线》　《紫阳花开少年时》

"微语星芒"系列
《心若为城·寒星》　奈奈著 NANA ZHU

精彩简介：

十八岁的宋筱唯在毕业旅行时遭遇事故，醒来时，庆幸地发现，自己默然喜欢着的季长宁安然无恙。九月，他们一起坐火车去远方，开始新鲜又刺激的大学生活。

筱唯以为那个充满无限可能的城市将是她和长宁爱情萌芽的地方，但她在那里遇见了冷静如隼的路知秋，所有的一切都开始朝着不可预知的方向发展。

每个人的心上都有一座城，在葬送一切的时间里，城门可能只为一个人打开。可是，那就像阳光不曾照过的地方，有一条寒夜的星河，在那条河里，流淌的是无力、苍白、颓败和绝望……

"微语星芒"系列
《心若向阳·微芒》　希雅著 XIYA ZHU

精彩简介：

我们画地为牢，只敢活在自己的小世界里。

多想抬起头时，窗外还是蝉鸣唧唧，春花还在盛放，白云悠闲慵懒，我是十七岁的沉默少女，而我的白衬衣少年，他就在身旁。

这一场献给青春的祭礼，化解了所有胆怯、懦弱、悲伤。

这一段重拾懵懂的时光，让我们所有的不堪一击无处遁形。

但是没关系，只要你牵着我的手，黑夜里就会有星光，像太阳一样，释放灼眼的微芒。

"吃"人的"巧乐吱"
跟编辑的日常

又名：如何从一个拖稿严重的家伙手中拿到"人间愿望司"系列全稿！

月黑风高的夜晚，编辑我拉好窗帘，藏在办公室的角落里，默默翻着自己的百宝柜。

小皮鞭？
不好，《上古萌神在我家》的时候已经用过了。

抹茶慕斯？
"白痴吱"好像最近挺喜欢吃抹茶味的，如果拿出我心爱的抹茶慕斯，这家伙能给我"人间愿望司"系列的稿子吧？

舒芙蕾？
好像《蜜炼甜心抱抱熊》的时候已经投喂过了。

编辑小心地拿出一点点，还没焐热乎呢，一个黑影就闻着味道过来了，说话间已经跳到了编辑身边："抹茶，抹茶！嗷呜！抹茶慕斯的味道！"

……

鼻子要不要这么灵啊？"白痴吱"你其实是属小狗的吧？

编辑仗着身高优势，一只手高高举起抹茶慕斯，一只手朝着面前就要流口水的人摊开："说好的'人间愿望司'呢？要知道，我可是在你最爱的那家蛋糕店专门定做的……"

"有有有，我已经写完大纲啦！第一部《彩虹里的夏洛特》都已经完稿啦！"

真的吗？这个家伙不会又是骗人的吧？

编辑狐疑地接过"白痴吱"的笔记本电脑，却发现上面一片空白！编辑愤怒地抬头，发现随手放在一边的抹茶慕斯已经被人吃进了嘴巴里，对方吃完大手一挥，跑掉了！

"哈哈哈，谢谢招待。我早就把文件发到编编邮箱啦，只是你太笨啦！我下次要吃抹茶曲奇！"

……

巧乐吱的编辑，卒。

在编辑疑似脑溢血的情况下，巧乐吱的"人间愿望司"系列终于出现！

《彩虹里的夏洛特》&《暖阳里的拉斐尔》

即 将 重 磅 出 击 ！

"人间愿望司"系列第一部 《彩虹里的夏洛特》

内容简介：

彩虹学院的校花是姐姐甄美好，彩虹学院的"笑话"是妹妹甄美丽。一切只因为，甄美丽是个不讨人喜欢的大胖子！怎么办！丑小鸭也要逆袭！而且老天还免费送来了一个"神队友"——自称发明家的夜流川！所以，体重有问题？没问题，有吸脂肪的夏洛特。学习有问题？没问题，有能报答案的答案机。至于心理问题……还有夜流川亲自上阵来搞定！

可是，等一下！为什么连喜欢的学长也中招，温柔的面具都给扒下来啦？更令人崩溃的是，居然还牵扯出了他跟姐姐的一系列纠葛，学长光辉的形象都轰然倒塌了！

不是我甄美丽的逆袭史吗？怎么变成"拆台史"啦？剧本是不是拿错了？

编辑： 除了完美姐姐甄美好，拒不承认我可能是其他人。

"白痴吱"： 哦，你美你说了算……

《暖阳里的拉斐尔》 "人间愿望司"系列第二部

内容简介：

打着"寻找恩人"主意的元气少女苏若暖，从踏进彩虹学院的那一秒就变成了麻烦吸引器！更倒霉的是，她随手打的一次差评竟招惹了超可怕的"黑脸魔王"柏圣琦！

长得好看了不起啊！会切换"人生模式"了不起啊！怎么还能把她变成专属试验品，每天都强行让她接受各种"意外惊喜"呢？走开啦大魔王！

不放弃的苏若暖一边跟柏圣琦斗智斗勇，一边继续她的寻人计划！但那个挽救她家庭幸福的恩人究竟是谁呢？是身为财阀继承人的病弱少年林晨，还是傻瓜王子夜流川？总不至于会是身边这个死死黏着她的柏圣琦吧？

救命啊！我苏若暖只是随手打了一次差评，怎么以后的人生都要跟这个冰山大魔王绑在一起啦？

编辑： 打差评怎么会有这么大的连锁反应？

"白痴吱"： 怪我吗？

当当当……

旋风挑战赛之
千面月神
来踢馆

来自非凡华丽家族的"千面月神"白小梦听说在遥远的爱丽丝学院有一个叫桔梗公寓的地方,那里面住着四位可以和茉莉学院传说中的三怪相媲美的人,而有一位名叫狄米拉的功夫少女,竟然搞定了那四个人当中最难搞定的处女座,被称为"旋风管家"……

"我白小梦第一个不服!"

于是白小梦驾临桔梗公寓,向旋风少女管家狄米拉发起挑战。

旋风挑战赛,现在开始!

主持人:先介绍两位选手。

白小梦

代表作：《非凡华丽家族之千面月神》

亲友团：白小梦领导的华丽家族和茉莉三怪。

狄米拉

代表作："星座公寓"系列《旋风白羊座管家》

亲友团：柏原熙领导的爱丽丝学院占星社和桔梗公寓四大美男。

主持人：旋风挑战第一项，请两位说出自己曾经攻克的最大难关。

白小梦：对千面魔女来说，世界上根本没有难关，我可以解决我遇到的每一个问题。（主持人：汗……）

狄米拉：世界上如果有比搞定一个处女座更大的难关，那一定是，和一个处女座住在一起。（主持人：你的痛，我懂！）

主持人：两位的回答大家都听清楚了。下面第二项，请列举出一个自己有但是对方没有的技能。

狄米拉：当然是功夫啦！（说完现场用腿连劈了三块木板，腿风差点扫平了主持人的泡泡头。）

白小梦：哼！这有什么，我华丽家族各个都身怀绝技，下面我为大家带来无道具表演变脸。（主持人：喂，110吗？这里有人会特异功能啊！）

主持人：啧，现场为什么有一股臭豆腐的味道？

（华丽家族亲友团白小萌：糟糕，小梦让我变出花香的，我变错了！）

主持人：好吧，前两项大家不相上下……最后一项挑战，我把手中的飞盘扔上天空，谁能够凭自己的本事抢到，谁就是今天的旋风女神！

（"咻！"飞盘脱手。）

主持人：哇哇哇！现在战况激烈，我们看到，飞盘以一个十分刁钻的角度飞到了十米高的空中，在它的下方，小梦和米拉的战斗已经进入了白热化阶段，而亲友团的比拼也是热闹非凡，小梦的忠实拥护者风间澈已经展开了十米长的加油横幅，而另一边的柏原熙也不甘示弱，给对方拉拉队翻出了难度100分的"世纪白眼"，九米，八米，六米……飞盘离地面越来越近，现在一道白光出现了！哇！我们今天的旋风女神就是……

白小梦：什么鬼？太丢人了，我要回家。

狄米拉：这难道不是一个严肃的挑战节目吗？结果为什么会是这样？我也要回家！

主持人：那个……这个……好吧……结果，已经出来，让我们恭喜……飞盘最后的获得者……也就是今天的旋风女神……

史上第一萌犬——
阿白白。。。。。。

怪我吗？接飞盘不是狗狗的本能吗？

主持人：喂喂喂！大家都别走啊！广告还没打呢！

《非凡华丽家族之千面月神》和

"星座公寓"之《旋风白羊座管家》是可乐近期的新书哦！

大家走过路过不要错过！更多惊喜在书中等着你们！最后祝可乐新书大卖！

MERRY 魅丽新萌立，
瞳哥小优来报到!

新年新气象，瞳哥小优来报到!
无论你是"玛丽苏"girl还是特立独行的"文艺范"!
魅力新萌主——小优与瞳哥，在我们的线上粉丝平台，等特别的你。
在我们的微博、微信、贴吧、QQ群，都会有小优与瞳哥神出鬼没的身影。
你可以和小优介享女孩子粉色的心事，也可以和瞳哥讨论一本有深度的小说，
还可以360°、24 小时，组团调戏萌妹小优与假装
很cool的瞳哥，让他们打个滚、卖个萌……

姓名: 瞳瞳
其他名称: 瞳哥
性别: 男生
年龄: 没人知道
血型: O型
身高: 180cm
外型: 带上眼镜很"路人"，摘掉眼镜很顺眼
擅长的事: 讲冷笑话，科普冷僻知识
死穴: 字很幼稚，知识达人，但在女生方面很嘉
大本营: 瞳文社微信公众号、微博、QQ、贴吧

瞳哥【cool档案】

瞳文社贴吧二维码	瞳文社微博二维码	瞳文微信二维码

瞳哥说:

"文艺范"加小清新，"搞笑范"配高颜值，做个有态度的阅读者!
这里是代表爱与正义，为读者谋福利的——瞳哥!
加入瞳哥大本营，一起来维护世界和平吧!

小优【萌档案】

姓名：小优

其他名称：优酱

性别：女生

年龄：永远16岁

血型：O型

身高：和男神能组成最萌身高差的身高

爱慕的人：魅优作品里所有"高冷"型男主角

擅长的事：吃，花痴

性格：有一颗八卦之心，喜欢各种"小鲜肉"明星

口号：为读者谋福利！

领土：魅丽优品微信公众号、微博、QQ、兴趣部落

魅丽优品贴吧二维码　　　魅丽优品微博二维码　　　魅丽优品微信二维码

小优说：

想了解魅优新书第一手资讯？想围观编辑部日常？想和可爱的作者来一次亲密接触？想投稿、发表自己的故事？统统都来找小优！
小优和你聊新书、聊八卦，节假日，小优还有各种抽奖福利哦！

NEWS——

魅丽优品QQ兴趣部落即将启动！
关注官方资讯，加入部落有大大的福利哦！

如果有悄悄话想写信告诉小优和瞳哥，请将信寄到这里——

湖南省长沙市开福区黄兴北路89号上城金都南栋2128 魅丽优品（收）

邮编：410001

电话：0731—84887200